KJB

Foto © privat

Antje Herden, geboren 1971, reiste nach ihrem Abitur zwei Jahre lang um die Welt. Es folgten ein Architekturstudium und weitere Auslandsaufenthalte. Im Anschluss machte sie sich als Redakteurin und als Schriftstellerin selbständig. Heute lebt sie mit ihren beiden Kindern in Darmstadt.

Foto © privat

Regina Kehn studierte Illustration an der Hochschule für Gestaltung in Hamburg. Seit 1990 arbeitet sie als freie Illustratorin für Zeitschriften und Kinder- und Jugendbuchverlage. Für ihre Illustrationen wurde Regina Kehn 1993 und 2014 für den Deutschen Jugendliteraturpreis nominiert und erhielt 1996 die Bronzemedaille in der Sparte Illustration vom Art Directors Club. Sie lebt mit ihrem Mann und ihren beiden Töchtern in Hamburg.

Weitere Informationen zum Kinder- und Jugendbuchprogramm der S. Fischer Verlage, auch zu E-Book-Ausgaben, gibt es bei www.blubberfisch.de und www.fischerverlage.de

Antje Herden

Anton und Marlene und die wahrscheinlichen Unwahrscheinlichkeiten

Mit Vignetten
von Regina Kehn

KJB

Erschienen bei FISCHER KJB

Umschlaggestaltung: Suse Kopp, unter Verwendung
einer Illustration von Regina Kehn
Satz: Pinkuin Satz und Datentechnik, Berlin
Druck und Bindung: CPI books GmbH, Leck
Printed in Germany
ISBN 978-3-7373-5235-2

*Für Aaron und Shawna und alle Jungen und Mädchen,
die gerne lesen*

Prolog

Etwas huschte nervös über die Straße und schlich einige Häuser weit durch die Schatten der stachligen Büsche, die niemals Wasser brauchten. Ob es sich immer mal wieder umdrehte und einen prüfenden Blick über seine Schulter warf, konnte man nicht erkennen. Es war viel zu schnell und hielt niemals stille. Außerdem hatte es gar keine Schulter. Schließlich versteckte es sich in einer Hofeinfahrt, obwohl das gar nicht nötig war. Denn niemand hatte es gesehen, und niemand würde es sehen. Zumindest jetzt am Anfang noch nicht. Es wartete eine Weile verborgen hinter einer Mülltonne. Dann huschte es weiter am hohen Tor vorbei, über den grauen Hof und schließlich zu einem offenen Fenster in das große alte Gebäude hinein.

1. Der erste Schultag

Natürlich war klar, dass es eine langweilige und auch etwas peinliche Angelegenheit mit Festakt und allem Pipapo werden würde. Aber langweilig und peinlich ist echt okay. Schlimm wäre schlimm gewesen. Obwohl: Letzten Endes war mein Schulwechsel von der Grundschule ans Gymnasium dann doch irgendwie sehr eigenartig. Aber der Reihe nach.

An diesem viel zu frühen Morgen sagte Paps beim Zähneputzen, dass ich das weiße Hemd und die beige Hose anziehen soll. Er hatte dabei diesen bestimmten Ton in der Stimme, von dem er glaubt, ich könnte ihm nicht widersprechen. Das tue ich meistens auch nicht. Allerdings nicht, weil mir der Ton besonders imponiert, sondern weil Paps sich in diesen Momenten solche Mühe gibt und weil ich ihn lieb habe. Das Hemd und die Hose hatte ich schon vor einer Woche entdeckt und mich gewundert, wessen Klamotten da in meinem

Schrank hingen. Auf die Idee, dass die Sachen für mich bestimmt waren, wäre ich nie im Leben gekommen.
»Deine Mutter und ich wünschen uns, dass du bei den Lehrern an der neuen Schule einen guten Eindruck machst«, sagte Paps mit Schaum und Zahnbürste im Mund.
Ich warf seinem Spiegelbild einen verwunderten Blick zu. Glaubten meine Eltern tatsächlich, so etwas könnte man mit einem Hemd und einer gebügelten Hose erreichen? Aber vielleicht hatten sie ja auch recht damit. Immerhin kennen sie die Erwachsenen besser als ich.
Also zwängte ich mich mit zusammengebissenen Zähnen in das schreckliche Hemd und die enge Hose. Zumindest machte es mir dermaßen verkleidet nicht mehr allzu viel aus, als sich Mama dann mit einem Kamm durch meine Haare arbeitete. Hinterher starrte ich im Flurspiegel auf meine halbwegs ordentliche Frisur. Sie war der schlagkräftigste Beweis dafür, dass die Freiheit und der Sommer zu Ende waren. Auf alle Fälle die Ferien.
Ich wollte gerade nach meinen Schuhen greifen, da traten meine Eltern vor mich hin und gingen nebeneinander in die Hocke. Ich hätte das nicht unbedingt gebraucht, aber ich wusste, dass ihnen eine letzte Ansprache zum großen Tag und auf Augenhöhe superwichtig war.
»Also, mein lieber Anton …«, begann Mama. Sie musste sich unterbrechen, weil sie versuchte, ihre Tränen hinunterzuschlucken.

»Tränen kann man erst schlucken, wenn sie einem in den Mund gekullert sind«, murmelte ich.
»Ach, mein Großer«, schluchzte Mama los.
Paps gab ihr schnell ein Taschentuch, und Mama schnaubte hinein. Das Taschentuch hatte neben meinem alten Ranzen gelegen. Den hatte ich nämlich gestern Abend noch gepackt, weil ich nicht wissen konnte, dass Mama und Paps mir heute einen neuen Schulrucksack und ein Federmäppchen mit Füller und Buntstiften schenken würden. Darum war es auch ganz umsonst gewesen, dass ich mit diesem Taschentuch versucht hatte, meinen alten Füller zu reparieren. Das hatte sowieso nicht geklappt. Blöd war allerdings, dass die Tinte im Taschentuch von Mamas Rotz und ihren Tränen wieder flüssig wurde. Darum schimmerte ihre Nase nach dem Schnauben bläulich. Ich sah, dass Paps etwas dazu sagen wollte, sich das dann aber verkniff. Was bestimmt auch besser war, denn es herrschte genug Aufregung.
»Alles klar?«, fragte Paps mich stattdessen.
»Alles klar«, sagte ich und lächelte meinen Eltern aufmunternd zu.

Das Gymnasium lag gleich um die Ecke. Eine Menge Eltern und Großeltern saßen bereits auf den wackligen Stühlen, die der Hausmeister in der Aula aufgebaut hatte. Er selbst stand in einer blauen Latzhose neben dem Eingang und blickte über sein Werk, auf das er sehr stolz zu sein schien. Wenn einer es wagte, zu kippeln oder seinen Stuhl etwas zu verrücken, schnaubte er laut und ärgerlich.

Die Kinder wurden vorne neben der Bühne abgestellt. Entweder weil wir heute die Hauptrollen spielten oder weil es einfach nicht genug Stühle gab. Wir waren die Letzten, die kamen, und Paps schob mich flugs in die vorderste Reihe im Kinderhaufen. Da stehe ich eigentlich nicht so gerne.

Nach einem Tusch der Big Band der Schule begrüßte der Schulleiter die neuen Kinder und deren Eltern. Er fand dafür sehr, sehr viele Worte und erzählte im Anschluss die hundertjährige Geschichte der Schule gleich mit. Das schien ihn sehr glücklich zu machen. Er strahlte wie ein Honigkuchenpferd. Außer ihm strahlten noch die stolzen Eltern. Wir Kinder strahlten nicht.

Denn neben der Bühne war eigentlich viel zu wenig Platz. Ständig fiel jemand um oder tanzte aus der Reihe. Damit handelten wir uns so manches Gezische von den vordersten Stühlen ein. Dort saßen die Lehrer.

Zwischendrin winkte Mama mir zu. Selbst von hier aus konnte ich sehen, dass ihre Nase noch immer bläulich schimmerte. Ihr Winken war mir zwar etwas peinlich, ich winkte aber zurück. Bestimmt langweilte sie sich genauso wie ich mich. Wieder zischte mich jemand an.

Vor lauter Stillstehenmüssen wurde ich ganz hibbelig. Um mich abzulenken, begann ich, die Fugen zwischen den Holz-

brettern an der Wand zu zählen. Es waren einhundertneunundvierzig. Der Schulleiter redete immer noch, und ich begann, die Fugen noch einmal zu zählen. Vielleicht hatte ich mich ja verzählt.
Auf einmal passierte etwas ganz und gar Unglaubliches. Die einzelnen Bretter schälten sich langsam vom unteren Ende der Hallenmauer und rollten sich zu riesigen Holzschnecken zusammen. Was war denn das für ein irrer Effekt? Ich suchte den Hausmeister mit den Augen. Darauf wäre ich an seiner Stelle noch viel stolzer gewesen als auf die exakten Stuhlreihen. Dann fiel mir jedoch auf, dass niemand außer mir die stetig wachsenden Bretterschnecken zu bemerken schien. Plötzlich schnellten die wie aufgezogene Metallfedern wieder nach unten, und die Wandtäfelung sah ganz normal aus. Ich kniff die Augen zusammen und schüttelte den Kopf. Danach sah die Holztäfelung immer noch so aus, wie es sich für eine ordentliche Holztäfelung gehört. Ich hatte anscheinend vor lauter Langeweile eine Halluzination gehabt.
Nach der schier unendlichen Rede des Schulleiters spielte die Big Band ein Stück, das ungeheuer gut bei sämtlichen Großeltern ankam. Sie begannen, ihre Füße im Takt zu bewegen und die Instrumente so mit einem unangenehmen Schlurfen zu begleiten. Ich hüpfte ein bisschen auf der Stelle. Immerhin war das trotz allem Musik.
Plötzlich stand eine merkwürdige Frau auf, die wie eine etwas seltsame, aber feine Dame aussah. Sie war sehr groß und trug

verschiedene glänzende Kleider übereinander. Vielleicht hatte sie sich nicht entscheiden können, welches das schönste war. Außerdem hatte sie einen Hut auf dem Kopf und eine Menge Make-up im Gesicht. Sie kam schnurstracks auf unseren zappligen Haufen zugelaufen.

»Bitten Sie mich zum Tanz, junger Herr!«, befahl sie und streckte die Hand aus.

Ich wusste sofort, dass sie mich meinte. Vielleicht weil ich direkt vor ihr stand, vielleicht weil ihre Hand mit den langen rotlackierten Fingernägeln nur wenige Zentimeter vor meinen Augen zum Halten gekommen war. Die anderen begannen zu kichern. Ich schaute auf den breiten, knallrot angemalten Mund der Frau. Es sah aus, als hätte sie in etwas sehr Blutiges gebissen. Ihr Lächeln machte es nicht wirklich besser, denn die rote Farbe hatte sich auch auf ihren Zähnen verteilt. Ich habe keine Ahnung, warum ich dann tat, was ich tat. Paps nennt so etwas eine Übersprunghandlung. So etwas passiert, wenn man sich nicht entscheiden kann, ob man lieber weglaufen oder kämpfen soll. Dann macht man plötzlich etwas völlig anderes und irgendwie total Albernes, sich die Haare kämmen zum Beispiel oder ein Wurstbrot essen. Einen Kamm oder ein Wurstbrot hatte ich nicht dabei.

»Würden Sie mir diesen Tanz spendieren, Gnädigste?«, fragte ich darum und ergriff die ausgestreckte Hand. Dabei verbeugte ich mich auch noch.

Wieder kicherte jemand. Dieses Mal war es jedoch die merk-

würdige Dame. Die anderen Kinder starrten mich stattdessen stumm vor Staunen an. Die große Frau zog heftig an meinem Arm, und ehe ich mich versah, wirbelte ich durch die Luft. Hin und her und hoch und runter zerrte mich meine Tanzpartnerin. Atemlos und stolpernd folgte ich ihrer Führung und verhedderte mich dabei in ihren Kleidern. Dazu schmetterten die Posaunen und donnerte die Pauke der Big Band. Es fühlte sich an wie ein wildes Kämpfchen mit einer etwas unpassenden Musikbegleitung und nicht wie ein lustiges Tänzchen. Obwohl die merkwürdige Frau die ganze Zeit fröhlich gluckste.
»Uli, bitte, hör sofort mit diesem Unsinn auf!«, schrie plötzlich jemand.
Dann wurde ich in den Kinderhaufen zurückgeschoben. Ich sah, dass Paps den Kopf schüttelte und Mama ihr Gesicht verzweifelt in den Händen barg. Ich winkte ihnen fröhlich zu.
Die Big Band spielte, als wollte sie niemals mehr damit aufhören. Ich begann wieder ein bisschen auf der Stelle zu hüpfen. Nun hatte ich dazu auch mehr Platz, denn die anderen Kinder waren vor mir zurückgewichen. Wahrscheinlich hielten sie mich für einen Irren. Nur ein dünnes Mädchen mit Zöpfen stand noch immer dicht neben mir und schrie plötzlich auf. Dann hielt sie sich schnell die linke Hand vor den Mund. Mit der anderen drehte sie ihren rechten Zopf um den Zeigefinger.
»Entschuldige bitte, du bist mir auf den Fuß gesprungen«, sagte sie.
»Warum entschuldigst du dich dann bei mir?«, fragte ich

überrascht. Aber bevor ich ihr sagen konnte, dass es mir leidtat, drehte sie sich weg und quetschte sich durch die anderen Kinder nach hinten. Nun stand ich ganz alleine in der ersten Reihe. Zum Glück hörte die Big Band endlich auf zu spielen. Nach der Musik sprach noch jemand sehr lange. Ich versuchte nicht einmal mehr, noch weiter zuzuhören.
Über uns schwebte eine Duftwolke aus Käsesocken, altem Staub und Müslipups. Sie wurde immer dicker. Schließlich war ich mir ganz sicher, dass man den Gestank um uns herumwabern sehen konnte. Wahrscheinlich waren wir von weiter hinten gar nicht mehr zu erkennen. Ich versuchte, so wenig wie möglich zu atmen. Leider veratmete ich mich dabei und musste furchtbar husten. Dann begannen meine Fußsohlen unter der Sommerhornhaut vom Barfußlaufen zu jucken. Da kann man sich bekanntlich nicht gut kratzen. Ich versuchte es trotzdem. Mein neuer Schulrucksack wurde auch immer schwerer, obwohl außer dem Federmäppchen und einem Schreibblock gar nichts weiter drin war. Zu allem Überfluss merkte ich, dass meine Unterhose beim Tanzen verrutscht war. In der schicken, engen Hose war es verdammt schwierig, sie wieder in die richtige Position zu ziehen.
Endlich trat eine Frau, die so aussah wie die nette Studentin in unserem Haus, auf die Bühne. Sie las Namen von einer Liste ab, die sie in der Hand hielt. Meiner war auch dabei. Da wusste ich, dass das Frau Wolfert, meine neue Klassenlehrerin, war. Es gab ein kleines Gerangel, weil wir Aufgeru-

fenen vorlaufen und uns neben Frau Wolfert auf die Bühne stellen sollten. Wir waren die 5a. Die Eltern und Großeltern der Klasse 5a klatschten wie verrückt, als hätten wir irgendetwas Großartiges geleistet. Erst freute ich mich darüber und musste breit grinsen. Aber plötzlich überkam mich das gruselige Gefühl, dass dies für lange Zeit der letzte Applaus sein könnte, und das Grinsen fiel einfach aus meinem Gesicht.
Wir gingen wieder ab. Mama und Paps winkten mir, als ob ich auf eine sehr weite Reise gehen und wir uns nie mehr wiedersehen würden. Da kam auch schon die Lehrerin der Klasse 5b auf die Bühne. Ich drehte mich ein paarmal nach ihr um. Die Klassenlehrerin der 5b war nämlich ein Mann. Ich hatte noch nie einen Lehrer gesehen. An meiner Grundschule gab es nur Frauen und darum auch nur Lehrerinnen. Sogar der Schulleiter war eine Frau gewesen.
Wir folgten Frau Wolfert in unseren neuen Klassenraum.
»Sucht euch bitte jeder einen Platz aus«, sagte sie.
Ich setzte mich ganz hinten ans Fenster. Dann machte ich vorsichtshalber mein grimmiges Gesicht. In dem kleinen muffigen Klassenzimmer war mir meine Tanzeinlage von vorhin plötzlich furchtbar peinlich. Darum wollte ich nicht, dass sich jemand neben mich setzte und mich dabei komisch angrinste oder womöglich eine blöde Bemerkung darüber machte. Aber es fragte mich sowieso keiner, ob der Platz neben mir noch frei wäre. Die anderen schienen sich alle zu kennen. Jedenfalls taten sie, als seien sie schon sehr lange die besten Freunde.

Ich sah aus dem Fenster. Die Aussicht war grandios. Direkt vor mir waren die Blätter eines großen Baumes, die im Wind tanzten und in der Sonne flirrten.

»Und was ist mit dir?«, hörte ich Frau Wolfert fragen.

»Es ist kein Stuhl mehr frei«, antworte jemand leise.

Als ich nach vorne schaute, sah ich dort die Dünne mit den Zöpfen, der ich vorhin aus Versehen auf den Fuß gehüpft war.

»Dort hinten ist doch noch ein Platz«, sagte Frau Wolfert und zeigte auf den leeren Stuhl neben mir.

Ich nickte, und das dünne Mädchen mit den Zöpfen setzte sich neben mich. Eine Brille trug sie auch.

»Hallo, ich bin Marlene«, sagte sie leise.

»Ich heiße Anton«, sagte ich. »Und das mit deinem Fuß vorhin tut mir echt leid.«

»Ist schon vergessen«, sagte Marlene.

Das gefiel mir. Ich mag Menschen, die einem verzeihen können, wenn man mal etwas falsch gemacht hat. Als Marlene mich anlächelte, sah ich, dass nur die große Brille auf ihrer Nase hässlich war. Sie selbst sah eigentlich ganz normal aus. Trotz des ziemlich altmodischen Kleides, das sie trug. Aber dieser Tag war ja auch für mich einer der seltsamen Klamotten.

Frau Wolfert gratulierte uns, dass wir es mit unseren guten Zeugnissen auf das Gymnasium geschafft hatten. Ich hatte allerdings das Gefühl, dass sie mich bei diesen Worten mit einem Stirnrunzeln anschaute. Schnell blickte ich wieder in die flirrenden Blätter hinaus. Meine neue Klassenlehrerin wusste garantiert die Wahrheit über mich. Das Wort *gut* wird man nämlich in einem Satz, in dem *Antons Zeugnis* vorkommt, nicht finden. Ich wäre eigentlich auch viel lieber auf die Stadtteilschule gegangen. Aber meine Eltern wollten das nicht. Dabei hatte ich mit drei Dreiern und vier Vierern hier überhaupt nichts zu suchen. Dass ich nun trotzdem in der 5a des Goethe-Gymnasiums saß, hatte etwas mit einem Test bei einem Psychologen zu tun und natürlich mit dem ordentlichen Batzen Geld, den meine Eltern der Schule gespendet hatten.

Wenn ich übrigens vorher gewusst hätte, was dieser Test mit Mama machen würde, hätte ich ihn niemals zugelassen. So aber bin ich drei Monate vorher ziemlich fröhlich zu diesem Psychoheini gegangen und habe zwei Stunden lang Fragebögen ausgefüllt. Das hat eigentlich sogar Spaß gemacht. Das Beste war jedoch, dass ich an diesem Tag nicht in die Schule musste, während die anderen eine Mathearbeit schrieben. Doch seitdem Mama das Ergebnis dieser Befragung kennt (hundertfünfzig), schaut sie mich ständig traurig an, streicht mir über die Haare und murmelt Sachen wie: »Auch du wirst deinen Weg gehen, mein Schatz.« Als wäre ich ein totaler Idiot. Dabei bedeutet das Ergebnis genau das Gegenteil.

»Hast du dazu eine Idee?«, schreckte mich plötzlich Marlenes Stimme aus meinen Gedanken.

»Wozu?«, fragte ich.

Marlene sah mich aufmerksam durch ihre Brillengläser an. »Du hast nicht zugehört«, stellte sie fest. Das stimmte.
Sie tippte mit dem Finger auf einen Zettel, der auf einmal vor uns auf dem Tisch lag. »Frau Wolfert hat den gerade ausgeteilt. Sie schlägt vor, dass wir dabei mitmachen, um uns besser kennenzulernen.«
Ich warf einen kurzen Blick auf den Zettel: *Schülerwettbewerb – Rettet die Welt!* stand darauf.
Das lassen sie jetzt also Kinder machen, dachte ich.
»Müssen wir da mitmachen?«, fragte ich.
»Nein«, sagte Marlene. »Nur wer möchte.«
»Ich möchte nicht«, sagte ich.
»Das ist ein Nachhaltigkeitswettbewerb«, sagte Marlene. »Es ist Ehrensache, da mitzumachen, glaubst du nicht?«
Nun schaute ich Marlene aufmerksam an. »Nein, das glaube ich nicht«, sagte ich.
Ich konnte das Wort *Nachhaltigkeit* echt nicht mehr hören. Wie war es möglich, dass das noch immer nicht alle kannten und sich so verhielten? In der Grundschule hatten wir sogar das Schulfach Nachhaltigkeit gehabt. Da lernten wir, dass wir zur Schule laufen sollen und unser Pausenbrot nicht in Alufolie gewickelt sein darf. Im Fernsehen wurde ständig von Nachhaltigkeit geredet, und in der Zeitung wurde jeden zweiten Tag darüber geschrieben. Zu Hause predigte Mama Nachhaltigkeit. Darum gibt es bei uns nur noch sonntags Hähnchen, und ich muss die leeren Flaschen in den Altglas-

container schleppen. Von wegen Kinder und Weltretten und so.

»Weißt du denn überhaupt, was das ist?«, fragte Marlene.

Ich schlug die Hände vor das Gesicht und schüttelte stöhnend den Kopf.

»Es kommt von bleiben, also dass etwas eine lange Zeit ausreicht, die Rohstoffe zum Beispiel und –«, begann Marlene zu erklären und drehte ihren Zopf um den Finger.

»Marlene, ich weiß, was Nachhaltigkeit ist«, unterbrach ich sie. »Ich möchte bei diesem Wettbewerb trotzdem nicht mitmachen.«

Das wollten aber einige andere aus der Klasse. Darum erklärte Frau Wolfert die ganze Sache genauer: »Ihr sollt euch etwas ausdenken, das die Nachhaltigkeit unterstützt und verbessert. Etwas, das die Ressourcen schont.«

»Aha! So etwas wie Uwe Bommel also«, rief ein Junge, der sich um die Stelle des Klassenclowns zu bewerben schien.

»Wer ist denn Uwe Bommel?«, fragte Frau Wolfert verwundert und schaute ganz hektisch auf ihrer Liste nach, ob sie einen Namen übersehen hatte und Uwe Bommel vielleicht noch ganz alleine in der Aula herumstand.

»Der ging in meine alte Klasse und schont die Ressourcen wie verrückt«, krähte der zukünftige Klassenclown. »Er wäscht sich nicht und trägt jeden Tag dasselbe T-Shirt. Spart Seife, Waschmittel und Wasser.«

Die halbe Klasse prustete los.

Frau Wolfert lächelte. »Man soll aber nichts Nachhaltiges entdecken, sondern etwas Nachhaltiges erfinden«, sagte sie.
Da lachte die ganze Klasse.
Unsere Lehrerin gab uns den neuen Stundenplan und eine Liste mit den Heften und Materialien, die wir für das Schuljahr besorgen sollten. Dann durften wir unsere Federmäppchen und Schreibblöcke wieder einpacken, die Stühle auf die Bänke stellen und gehen.
»Mach's gut, Anton«, sagte Marlene.
Sie drückte mir etwas in die Hand und wurde dabei ganz rot im Gesicht. Ausgerechnet in dem Moment sah ich, dass einer ihrer Zöpfe viel kürzer war als der andere.
»Marlene?«
»Ja?«
»Ähm …«
»Das ist meine Telefonnummer«, sagte sie. »Falls du es dir noch anders überlegst, kannst du mich anrufen. Wegen des Wettbewerbs, meine ich.«
Dann rannte sie zur Tür hinaus.

2. Lass uns die Welt retten!

Irgendwie war der Zettel mit dem Nachhaltigkeitswettbewerb in meinen Rucksack gerutscht. Kurz bevor ich ihn in den Papierkorb neben meinem Schreibtisch fallen ließ, fiel mein Blick noch einmal darauf. Darum sah ich, dass das Ganze vom Institut der Zukunft veranstaltet wurde. Von einem Institut der Zukunft hatte ich noch nie gehört. Ich setzte mich an den Rechner im Wohnzimmer und googelte danach. Zu dem Begriff erschienen nur zwei Links. Hinter dem einen öffnete sich dieselbe Seite, die ausgedruckt in meinem Papierkorb lag. Der andere Link führte zur Webseite des Instituts. Dort war allerdings nicht viel los. Außer einer Begrüßung mit dem Foto eines menschenleeren Konferenzsaals war nichts weiter eingestellt. Seltsam.

Ganz unten auf der Seite gab es ein Kontaktfeld. Ich klickte auch darauf. Es poppte aber nur ein Briefformular auf. Ich überlegte kurz und tippte dann etwas ein:

Sehr geehrte Zukunftsforscher,
was kann man denn bei Ihrem Nachhaltigkeitswettbewerb gewinnen?
Liebe Grüße
Anton

Konnte ja nicht schaden. Ich drückte auf *Senden*. Die Antwort kam ziemlich schnell, so als hätte jemand nur darauf gewartet, dass ich ihm schreiben würde.

Hallo Anton,
zuallererst kannst du natürlich gewinnen, dass die Welt gerettet wird. (LOL) Außerdem werden die Sieger zur großen Ehrung in unser Institut eingeladen und erhalten einen Präsentkorb.
Viel Glück und eine gute Idee wünschen dir
die Wissenschaftler des Instituts der Zukunft

Moment mal. LOL? Von einem Wissenschaftler? Das glaubte ich keine Sekunde. Und was sollte das denn für ein Preis sein? Präsentkörbe kannte ich von Opos letztem Geburtstag. Er war fünfundsechzig geworden, und beinahe jeder Gast hatte so einen Korb voller Wurst, Schnaps und Schokolade mitgebracht.
Aber irgendetwas hatte meine Neugierde geweckt. Oder besser gesagt: Etwas, das fehlte, machte mich äußerst neugierig.

Über das Institut gab es nämlich überhaupt keine Informationen. Vielleicht gab es dieses Institut der Zukunft in Wirklichkeit gar nicht, und das Ganze war nur ein Fake. Keine Ahnung, warum mir sofort dieser Gedanke kam. Das wäre allerdings eine riesige Sauerei gewesen. Dieses Institut wollte ich gerne einmal sehen.

Später gingen Mama und ich in die Stadt und kauften die Schulsachen von der Liste ein. Auf dem Rückweg sah ich Marlene, die gerade in einem großen Haus verschwinden wollte.
»Hallo Marlene«, grüßte ich im Vorbeigehen.
Mama blieb natürlich stehen. »Ach, bist du eine neue Mitschülerin von Anton?«, fragte sie.
Marlene blieb ebenfalls stehen. Ich ärgerte mich, dass ich etwas gesagt hatte. Marlene drehte an ihrem Zopf und nickte. Dabei lunzte sie zur Tür, die gerade wieder zuschlug. Aber Mama interessierte das nicht.
»Ich bin Antons Mutter«, sagte sie. »Wir haben gerade die Schulsachen gekauft.«
»Aha«, machte Marlene.
Wahrscheinlich wusste sie nicht, was sie dazu sagen sollte. Ich hätte es jedenfalls nicht gewusst. Damit es keine peinliche Gesprächspause gab, hob ich die Tüte mit den Heften hoch und raschelte ein bisschen damit.
»Aha«, machte Marlene noch einmal.

»Genau«, sagte ich und nickte.
»Ich gehe hier zum Ballett«, sagte Marlene dann und zeigte auf den Eingang.
»Das ist ja schön!«, rief Mama begeistert. Sie bekam diesen sehnsüchtigen Ausdruck, der ihr auch in der Mädchenabteilung im Kaufhaus in die Augen steigt. Da war ich wieder einmal sehr, sehr froh, dass meine Mutter einen Sohn hat.
»Ja«, sagte Marlene und drehte wie verrückt an ihrem Zopf. »In der sechsten Etage direkt unterm Dach.«
Ich hatte das Gefühl, ich sollte auch noch irgendetwas sagen. »Wie viele Stockwerke hat denn das Haus?«, fragte ich. Etwas Besseres fiel mir nicht ein.
Marlene schaute mich überrascht an, und ich zuckte mit den Schultern.
»Na ja, wahrscheinlich sechs. Das Ballettstudio ist ja ganz oben«, antwortete sie.
»Klar, das sagtest du ja gerade«, murmelte ich.
»Mhm«, machte Marlene.
Und in dem Moment sah ich es. »Das gibt es ja gar nicht!«, rief ich.
»Wieso nicht?«, fragte Mama erstaunt. »Alle Häuser in dieser Straße haben doch sechs Stockwerke.«
»Das meine ich nicht!«, rief ich. Aufgeregt deutete ich auf ein Schild an der Wand. »In diesem Haus ist auch das Institut der Zukunft. Das hat doch diesen Wettbewerb ausgeschrieben.«
»Ich dachte, du wolltest nicht mitmachen«, sagte Marlene.

»Was denn für ein Wettbewerb?«, fragte Mama.
Mist! In dem Moment war klar, dass ich nun keine Chance mehr hatte. Mama würde darauf bestehen, dass Marlene und ich an diesem Wettbewerb teilnehmen. Also konnte ich auch gleich kapitulieren.
»Ich habe es mir noch einmal überlegt, Marlene. Lass uns doch mitmachen«, sagte ich darum.
»Okay«, sagte Marlene einfach.
»Was denn für ein Wettbewerb?«, fragte Mama noch einmal.
»Wir sollen die Welt retten«, sagte ich.
Mama lachte. »Na, wenn es weiter nichts ist.«
»Entschuldigung. Ich muss jetzt hoch, der Unterricht fängt gleich an«, unterbrach Marlene leise Mamas Lachen.
»Ich kann dich ja nachher mal anrufen«, schlug ich vor. »Wenn du überhaupt noch magst?«
»Okay. Auf Wiedersehen«, sagte Marlene und verschwand im Inneren des Hauses.
»Die war ja sehr nett«, meinte Mama, als wir weitergingen. »Eine etwas seltsame Frisur, aber wirklich sehr süß.«
Ich tat so, als hätte ich das nicht gehört.

Nach dem Abendessen rief ich bei Marlene an.
»Was?«, knurrte eine weibliche Stimme durch das Telefon. Ich konnte nicht heraushören, ob das ein Mädchen, eine Frau oder eine mürrische Alte war.

»Guten Abend. Hier ist Anton. Ich möchte bitte Marlene sprechen«, sagte ich.

»Alles klar, aber fasse dich kurz, okay, Alter? Ich erwarte ein wichtiges Gespräch … Maaaaaleeeene!!! Da ist ein Typ für dich!! Ein Anton«, schrie es auf der anderen Seite. »Wusste gar nicht, dass du einen Freund hast!«

»Hallo Anton«, sagte Marlene. »Entschuldige bitte. Das war meine Schwester Luisa. Sie hat Pubertät.«

»Die Arme«, sagte ich.

Marlene kicherte.

»Also, was erfinden wir nun für diesen Wettbewerb?«, fragte ich.

»Mhm, etwas aus dem Ärmel schütteln ist nicht so einfach«, sagte Marlene. »Was hältst du denn vom Thema Konsum?«

»Oh, nee! Konsuuum«, stöhnte ich. »Klar, alle kaufen zu viel, schmeißen zu viel weg und zerstören damit unseren Planeten. Aber was sollen wir denn dagegen erfinden?«

»Vielleicht einen Verhau-Automaten«, schlug Marlene vor. »Der könnte an der Kasse im Supermarkt stehen und jeden, der zu viel im Einkaufswagen hat, einfach verhauen.«

Für einen Moment war ich sprachlos. Marlene war ja richtig witzig!

»Entschuldige bitte, das war nur ein doofer Scherz«, sagte sie da leise.

»Du musst dich nicht immer entschuldigen«, beeilte ich mich zu sagen. »Außerdem war das superwitzig.«

»Wirklich?«, fragte Marlene.

»Wirklich«, sagte ich.

»Wir könnten morgen zusammen in den Supermarkt gehen. Vielleicht finden wir da eine gute Idee«, schlug sie vor.

Genau das machten wir dann am nächsten Tag. Aber vorher passierte noch die seltsame Geschichte mit der Kaugummiblase.

In der dritten Stunde, direkt nach der großen Pause, hatten wir Biologie. Die dazugehörige Biologielehrerin hieß Frau Jennick und war eine ziemlich dicke Frau mit großen klimpernden Ohrringen und einer aufgebauschten Turmfrisur, die sich nicht bewegte. Frau Jennick hatte eine hohe Stimme und lächelte viel. Allerdings nur mit dem Mund und nicht mit den Augen.

»Die mag ich nicht«, flüsterte ich Marlene zu.

Marlene drehte ihren Zopf und kaute auf einem Kaugummi herum.

»Hast du etwa einen Kaugummi im Mund?«, schrie da Frau Jennick.

Mindestens zehn Kinder zuckten schuldbewusst zusammen. Der neuernannte Klassenclown, der eigentlich total nett war und tatsächlich Kaspar hieß, hatte in der Pause eine Runde Kaugummis ausgegeben. Die dicke Biologielehrerin meinte allerdings nur Marlene, vor der sie sich nun drohend aufbaute.

Marlene wurde feuerrot und verschluckte sich vor Schreck. Ich hatte Angst, sie würde an ihrem Kaugummi ersticken, darum schlug ich ihr schnell und kräftig auf den Rücken.
»Aufhören!«, herrschte Frau Jennick mich an.
Zum Glück konnte Marlene den Kaugummi wieder hochhusten. Obwohl sie gerade beinahe gestorben wäre, sagte Frau Jennick mit eiskalter Stimme zu ihr: »Eintrag ins Klassenbuch.« Ich wusste es!
Vor lauter Wut hätte ich beinahe etwas Unüberlegtes gesagt. Doch das verkniff ich mir in letzter Sekunde. Mama und Paps hatten mich beschworen, den guten Eindruck, den mein Hemd und meine gekämmten Haare gestern gemacht hatten, mit gutem Benehmen zu bestätigen.
Als aber die dicke Jennick völlig ungerührt an den Lehrertisch zurückschlurfte, machten neun Schüler hinter ihrem breiten Rücken eine verbotene Kaugummiblase. Als stille Rache sozusagen. Und da passierte es. Kaspar blies seinen Kaugummi mit solch einer Kraft auf, dass seine Backen zu platzen drohten. Plötzlich flog die rosarote Kaugummiblase aus seinem Mund und landete oben auf dem Frisurturm von Frau Jennick, wo sie kleben blieb. Die meisten von uns prusteten los.
Vor Wut schäumend drehte sich unsere Biologielehrerin wieder um. »Was ist hier eigentlich los? Da fehlt ja das Mindestmaß an jeglicher Disziplin!«, schrie sie. »Hefte raus! Bücher raus! Seiten fünf und sechs abschreiben! Was ihr hier nicht schafft, wird bis morgen zu Hause gemacht!«

Dann ließ sie sich schnaufend auf ihren Stuhl nieder und schaute mit zornigen Augen in die Runde. Von ihr völlig unbemerkt wackelte die Kaugummiblase auf Frau Jennicks Haarturm hin und her wie ein viel zu kleines Krönchen.

»Wenn jetzt noch einer stört, dann setze ich mich auf den drauf«, fügte sie mit einem fiesen Grinsen hinzu.

Erschreckt starrte ich die dicke Frau an. Sie würde mich platt wie eine Flunder drücken und mir dabei alle Knochen brechen. Wahrscheinlich würde ich das nicht überleben. Das konnte sie doch nicht ernst gemeint haben? Oder hatte ich mich etwa verhört? Aber als ich mich umschaute und die panisch aufgerissenen Augen meiner Mitschüler sah, war klar, dass unsere tonnenschwere Biologielehrerin tatsächlich gerade gedroht hatte, sich auf den nächsten Störenfried zu setzen! Wir taten besser, was sie wollte.

Die Seiten fünf und sechs waren die Inhaltsangabe des Buches. Es dauerte ewig, die abzuschreiben. Die ganze Stunde war es mucksmäuschenstill, nur die Füllerfedern kratzten über die Seiten der neuen Hefte. Der Ausdruck auf Frau Jennicks Gesicht wurde immer zufriedener, bis sich wieder das falsche Lächeln darin eingenistet hatte.

Die Kaugummiblase auf ihrem Haarturm aber wollte einfach nicht abfallen, und jedes Mal, wenn Frau Jennick den Kopf bewegte, wippte sie hin und her. Alle drei abgeschriebenen Worte warf ich einen Blick darauf. Niemand außer mir schien die Blase noch zu beachten. Darum sah auch keiner, dass sie plötzlich größer und größer wurde. Schon bald schwebte sie als ein kleiner rosa Ballon über Frau Jennicks Kopf. Ich überlegte gerade, wie groß der wohl werden müsste, damit er die dicke Frau einfach forttragen würde, da löste sich der rosa Ballon aus dem Haarturm und flog zum geöffneten Fenster hinaus. Ich schaute ihm nach, bis er am blauen Himmel verschwunden war.

»Das gibt es ja gar nicht«, murmelte ich.

»Aber echt. Die ist wirklich supergemein«, wisperte Marlene. Sie hatte den rosa Kaugummiballon nicht gesehen.

Nach der Schule gingen wir dann in den Supermarkt. Wir liefen langsam an den überquellenden Regalen vorbei. In der Kosmetikabteilung war es am schlimmsten. Dort blieben wir stehen.

»Wer braucht denn diesen ganzen Kram?«, murmelte ich. »Gel fürs Bad und Gel für die Dusche. Öl fürs Bad und Öl für die Dusche. Mousse fürs Bad und Mousse für die Dusche. Schaum fürs Bad und Schaum für die Dusche. Spray fürs Bad und Spray für die Dusche. Dabei ist das alles nur Seife.«

»Mangolove, Mandarinenküsse, himmlische Vanille, sinnliche Schokobohne, süßer Fruchtcocktail, Traumland, Südseeinsel, Berggipfel, Meeresrauschen, Freiheit, Sport, Feel fresh, French Kiss«, las Marlene von den Etiketten ab.

»Alles nur Seife«, sagte ich noch einmal.

Ich griff nach einer der vielen Flaschen. »Ich habe eine Idee!«
»Ja? Welche denn?«, fragte Marlene freudig.
»Wir erfinden eine Duftbar für jeden Lebenstraum. Wenn du zum Beispiel davon träumst, einen Karibikurlaub zu machen, dann riechst du einfach am Duschgel *Südseeinsel.* Durch den Duft angeregt machst du die Reise in deiner Phantasie und brauchst nicht mehr hinzufahren. Dasselbe funktioniert auch mit dem Schaumbad *Meeresrauschen* und dem Deo *Berggipfel.*«
»Super«, sagte Marlene. Sie lachte und drehte ihren Zopf um den Finger. »Dann würde keiner mehr mit dem Flugzeug fliegen oder mit dem Auto fahren, ins Meer pullern oder die Berghänge platttreten. Das nenne ich wirklich nachhaltig.«
»Es müsste auch niemand mehr Mangos oder Ananas essen«, sagte ich.
Marlene nickte. »Und keine Franzosen küssen, keinen Sport treiben, sich nicht frei fühlen …«
»… und nicht mehr atmen«, fügte ich nachdenklich hinzu und stellte den Badeschaum *Atempause* wieder ins Regal.
»Das ist irgendwie beängstigend«, sagte Marlene leise.
»Es hört sich so an, als wäre die nachhaltigste Idee überhaupt, den Menschen einfach abzuschaffen«, sagte ich.
»Auweia«, wisperte Marlene.
Ihr Zopf propellerte immer schneller um ihren Finger. Ich betrachtete die Millionen Flaschen mit Shampoos, Cremes, Wässerchen und Tinkturen, die man vor, nach und zwischen

dem Haarewaschen auf den Kopf schmieren sollte. Dann schaute ich zu Marlene.

»Warum ist eigentlich dein rechter Zopf kürzer als der linke?«, fragte ich und beobachtete, wie er um Marlenes Zeigefinger flog.

Wahrscheinlich war das eine ziemlich blöde Frage, denn Marlene wurde beinahe lila vor Rotwerden.

»Meine Haare brechen ab, weil ich immer daran herumdrehe«, sagte sie und drehte ihren Zopf.

»Echt erstaunlich, oder?«, sagte ich.

»Was?«, fragte Marlene.

»Das einzige wirklich wichtige Haarmittel haben die noch gar nicht erfunden.«

»Welches denn?«, fragte Marlene.

»Eines gegen Haareabbrechenwegenzopfdrehen«, antwortete ich.

Dabei stotterte ich etwas, denn plötzlich war mir das peinlich. Aber Marlene lächelte.

»Alles ist in Plastikflaschen«, sagte sie nach einer Weile. »Es dauert 1000 Jahre bis eine Plastikflasche verrottet ist.«

»Vielleicht könnten wir auch eine Seifenbar erfinden«, überlegte ich. »Jeder hätte seine eigenen Glasflaschen und könnte die an Hähnen im Supermarkt füllen, anstatt die leeren Verpackungen immer wegzuschmeißen.«

»So etwas habe ich aber schon mal irgendwo gesehen«, sagte Marlene und drehte an ihrem Zopf.

So richtig toll fand ich die Idee auch nicht. Außerdem war da das Konzept von Uwe Bommel viel logischer.
»Man könnte sich natürlich auch einfach weniger waschen. So wie dieser Uwe Bommel«, sagte ich.
»Iiiihhh!«, machte Marlene.
Darum sagte ich ihr dann nicht mehr, dass ich Zähneputzen auch für überbewertet halte. Was man an Bürsten, Pastatuben und Wasser sparen könnte, wenn man sich nur einmal am Tag die Zähne putzen müsste. Ob das schon mal einer ausgerechnet hat?
Auf dem Heimweg überlegten wir immer noch, was wir Nachhaltiges erfinden könnten. Aber es wollte uns einfach nichts einfallen.
»Irgendwie gibt es alles schon«, sagte Marlene.
»Komisch, dass bei so vielen tollen nachhaltigen Ideen die Welt noch immer nicht gerettet ist«, sagte ich.

3. Schlimm ist schlimm

»Wieso funktioniert das denn nicht?«, ärgerte sich Frau Wolfert am nächsten Morgen. Sie stand vor der Klasse und schüttelte ihren Arm, als würde eine fiese Spinne daran hochlaufen. In der Hand hielt sie ihr Smartphone. Enttäuscht starrte sie immer wieder auf das Display. »Schade, Kinder«, sagte sie schließlich. »Meine neue SchüttelApp schüttelt leider keinen Schüler aus, der uns erzählen könnte, was er noch vom Deutschunterricht der Grundschule weiß. Also müsst ihr euch ganz normal melden.«

Da kam mir plötzlich eine Superidee, um Ressourcen zu sparen. Warum gerade in dem Moment und wieso genau diese, das wird für immer ein Geheimnis meines Lebens bleiben.

»Marlene, ich habe eine Idee …«, raunte ich.

Blöderweise hörte das nicht nur Marlene, sondern auch Frau Wolfert. Sie kam zu uns und schaute erst mich, dann das Namensschild vor mir auf dem Tisch und dann wieder mich an.

»Anton, das ist ja wunderbar, dass du wenigstens eine Idee hast, die sich hoffentlich auf die Satzteile bezieht. Obwohl es mir natürlich lieber wäre, wenn du statt einer Idee das Wissen darüber hättest.«
O Mist. Ich hatte überhaupt keine Ahnung von Satzteilen, außer dass es wohl die Teile eines Satzes sein mussten. Ich sah, dass Marlene aus ihrem Zopf einen sich immer schneller drehenden Propeller machte. Ich wusste, dass sie mir helfen wollte, aber nicht konnte, weil Frau Wolfert direkt vor unserem Tisch stand.
»Das musst du aber noch einmal wiederholen, Anton«, sagte Frau Wolfert, nachdem ich eine ziemlich lange Weile geschwiegen hatte. Aber sie lächelte dabei, und ich hoffte, dass ihr Lächeln echt war.

In der Pause wurde dann alles noch schlimmer. Ich ging alleine über den Hof. Marlene konnte ich nirgends entdecken. Sie war gleich nach der Deutschstunde aufs Klo gestürmt. Dabei wollte ich ihr dringend von meiner Idee erzählen. Ich lief an einigen Jungs aus der 5b vorbei, die sich wie Kindergartenkinder zum Spaß hin und her schubsten.
»Das stimmt alles, so wahr ich Uwe Bommel heiße«, rief gerade ein großer Typ.
»Der Ressourcenschoner«, rutschte es mir heraus.
Eigentlich hatte ich das nur denken wollen. Ich meinte es

auch überhaupt nicht böse. Dass ich meinen Gedanken laut ausgesprochen hatte, merkte ich erst, als ich von der Gruppe eingekreist wurde und Uwe Bommel mich gegen die Schulter stupste.

»Was war das eben?«, fuhr er mich an. »Was hast du da gerade gesagt?«

Ich lüge nie. Nicht nur, weil ich ein ehrlicher Typ bin, sondern auch, weil ich meistens schon etwas gesagt habe, bevor ich darüber nachdenken konnte. Wer das kennt, der weiß: Das ist dann immer die Wahrheit. Manchmal bringt einen das in sehr blöde Situationen.

»Der Ressourcenschoner«, wiederholte ich.

Im selben Moment wusste ich zwei Sachen. Erstens dass Uwe Bommel das Wort nicht verstand und zweitens, dass es trotzdem ein Fehler war, es laut gesagt zu haben. Uwe Bommel wurde nämlich rot vor Wut. Er packte mich an der Schulter und atmete tief ein und aus. Mitten in mein Gesicht. Sein Atem roch nach Salamibrot mit Senf und sauren Gurken, und mir wurde ein bisschen übel. Der Jungskreis zog sich enger zusammen.

»Lässt du dir das etwa gefallen, Uwe?«, rief ein ziemlich kleiner Typ und stellte sich neben ihn.

Uwe Bommel stieß mich gegen die Wand. Die anderen kamen noch näher.

»Es tut mir leid, okay? Lasst mich gehen, ich will keinen Ärger machen«, sagte ich und rappelte mich wieder auf.

»Leider zu spät, du Dummi, denn du hast schon Ärger gemacht«, knirschte Uwe Bommel zwischen seinen langen gelben Zähnen hervor.

Langsam wurde es brenzlig. Ich versuchte, mich an ihm vorbeizudrängen, doch er stieß mich zurück gegen die Wand.

»Ich entschuldige mich wirklich«, versuchte ich es noch einmal.

»Zu spät«, knurrte Uwe Bommel.

Ich konnte weit und breit keinen Lehrer entdecken, der mitbekam, was hier gerade passierte. Aber aus dem Augenwinkel sah ich, dass Uwe Bommel die Hand über den Kopf hob. Das konnte nichts Gutes bedeuten. Ich duckte mich, ballte meine Faust und schlug sie blind nach vorne. Ein spitzer Schrei ertönte, und der kleine Typ neben Uwe Bommel ging mit den Händen vor dem Gesicht in die Knie. O nein, das hatte ich nicht gewollt!

»Er hat Kai geschlagen! Der Typ hat Kai geschlagen! Dabei ist er der Kleinste. Das müssen wir im Sekretariat melden!«, kreischte jemand, und dann rannten alle los. Auch Kai.

Nur Uwe Bommel blieb bei mir. Er sah auf mich herunter und grinste fies. »Das gibt jetzt eine Menge Ärger«, sagte er fröhlich.

Damit hatte er leider recht. Bevor ich überhaupt darüber nachdenken konnte, was ich jetzt machen sollte, kamen die Jungs zurückgerannt. In ihrer Mitte lief die Sekretärin des Schulleiters.

»Was ist denn in dich gefahren?«, schrie sie schon von weitem. »Warum verprügelst du einen kleineren Jungen? Schäm dich! Einem anderen ins Gesicht zu schlagen ist das Allerletzte!«
Dann war sie bei mir angekommen und schnappte nach Luft. Für einen klitzekleinen Moment hoffte ich, dass sie mich fragen würde, wie das alles gekommen war. Doch ihre Augen waren grau und kalt wie das Meer bei Regenwetter.
»An unserer Schule lassen wir so etwas nicht zu«, zischte sie mich an. »Das wird Konsequenzen haben, da kannst du dir sicher sein.«
In mir wurde alles ganz schwarz. Mit hochgezogenen Schultern ging ich einfach nach Hause. In meinem Zimmer legte ich mich ins Bett und zog die Decke über meinen Kopf. Nun brauchte ich mich nicht mehr jeden Morgen zu kämmen. Dieser Zug war abgefahren.

Ich wachte auf, weil es an der Tür klingelte. Dort stand Marlene.
»Ich habe dir deinen Rucksack gebracht«, sagte sie.
»Danke«, sagte ich.
Ich nahm ihr den Rucksack ab. Nun hatte sie ihre rechte Hand frei und konnte an ihrem Zopf drehen. Auf einmal fiel mir auf, dass Marlene eigentlich überhaupt nicht normal aussieht. Wenn man ihre ausgefransten Zöpfe, die hässliche Brille und

ihre komischen Kleider nicht beachtet, dann ist Marlene wirklich richtig hübsch.
»Erzählst du mir noch von deiner Idee?«, fragte sie leise.
»Willst du reinkommen?«
»Gerne«, sagte sie.
»Aber sei lieber vorsichtig. Ich bin ein Schläger«, murmelte ich.
»Pfff!«, machte Marlene.
Sie zog ihre Schuhe aus und stellte sie ordentlich auf die Fußmatte. Meine Chucks lagen einfach nur so herum.
»Ich glaube, die Schuhe sind wie wir«, sagte ich.
Marlene hörte das aber nicht. Zumindest sagte sie nichts dazu. Ich war froh, dass sie da war. So musste ich mir nicht die ganze Zeit den Kopf darüber zermartern, was Mama und Paps zu der Sache sagen würden. Ich holte zwei Limonaden aus dem Kühlschrank. Damit setzten wir uns in meinem Zimmer auf den Teppich. Dann erklärte ich Marlene meine Idee.
»Eis- und Popcornmaschinen, Woks, Raclettegrills, Crêpepfannen, Fonduetöpfe, Nudelmaschinen, Schokobrunnen, Keksausstecher, Gemüsehobel, Kirschenentsteiner, Elektrogrills, Heizlüfter, Dampfstrahlgeräte, Bügelstationen, aufblasbare Heißlufttrockner, Ventilatoren, Karaokeanlagen, Heckenscheren, Drucker und Scanner«, zählte ich auf.
»Ich glaube, ich habe die Idee verstanden«, sagte Marlene und schlürfte den letzten Rest aus ihrer Limoflasche.
»Wie findest du sie?«, fragte ich.

Plötzlich spürte ich mein Herz klopfen. In dem Moment war es mir ganz egal, ob wir den Wettbewerb gewinnen würden. Ich wollte nur, dass Marlene meine Idee gut fand.

»Sie ist toll«, sagte Marlene.

»Wirklich? Sie gefällt dir?«, fragte ich.

Marlene nickte. »Und wir können sie hier im Haus ausprobieren?«

»Ganz bestimmt«, sagte ich.

Meine Idee war ein Ausleihraum in einem Haus mit mehreren Wohnungen. So wie unserem. Dazu brauchte man nur ein kleines Räumchen, das niemand benutzte. Dort könnte man Regale einbauen. In die Regale kämen dann Geräte, Maschinen und Dinge, die man ab und zu mal gebrauchen konnte, aber eben nicht so oft, dass man sie sich unbedingt kaufen musste. Jeder Nachbar würde hineinstellen, was normalerweise in seinen Küchenregalen und Abstellkammern verstaubt. Alle im Haus hätten einen Schlüssel zu diesem Raum und könnten sich ausleihen, was sie brauchten, wenn sie es brauchten. Auf einer Liste müsste man eintragen, was man mitgenommen hat.

»Die Leute hier im Haus sind echt nett, die machen da bestimmt mit. Und neben der Kellertür gibt es eine leere Kammer«, sagte ich.

»Das ist wirklich eine gute Idee«, meinte Marlene noch einmal. »Warum sollte es in einem Haus acht Entsafter geben, wenn jeder davon nur einmal im Jahr benutzt wird?«

»Wenn überhaupt«, sagte ich. Ich wusste nicht einmal, wie ein Entsafter aussieht.
»Die Geräte kriegen wir locker zusammen«, überlegte Marlene zopfdrehend. »Auf unserem Kühlschrank stehen ein Eierkocher, ein Raclettegrill und drei japanische Dampfgarkörbe. Ich habe noch nie gesehen, dass meine Mutter damit irgendetwas dampfgegart hat. Japanisch haben wir sowieso noch nie gegessen. Und Raclette auch nicht.«
Über unserem Projekt hatte ich alles andere vergessen. Darum erschrak ich, als plötzlich Mama im Zimmer stand.
»Guten Tag, Frau Kramer«, sagte Marlene leise.
Aber Mama hörte sie gar nicht. Sie hatte noch ihre Schuhe an und hielt ihr Handy in der Hand. Mit dunklen Augen schaute sie mich an.
»Anton, die Schule hat mich angerufen«, sagte sie mit ihrer angestrengten Stimme. »Was war da los?«
In dem Moment wünschte ich mir, ich wäre ganz weit weg, irgendwo in einer anderen Galaxie. Ich presste die Lippen aufeinander und starrte aus dem Fenster. Da sah ich, dass sich der Himmel an einer Stelle kräuselte und zu einem dunkelgrauen Loch öffnete.
»Ein Wurmloch«, flüsterte ich.
»Anton!«, sagte Mama. »Was war da los?«
Es half alles nichts. Ich musste hierbleiben und erzählen, was passiert war.

4. Die nachhaltige Abstellkammer

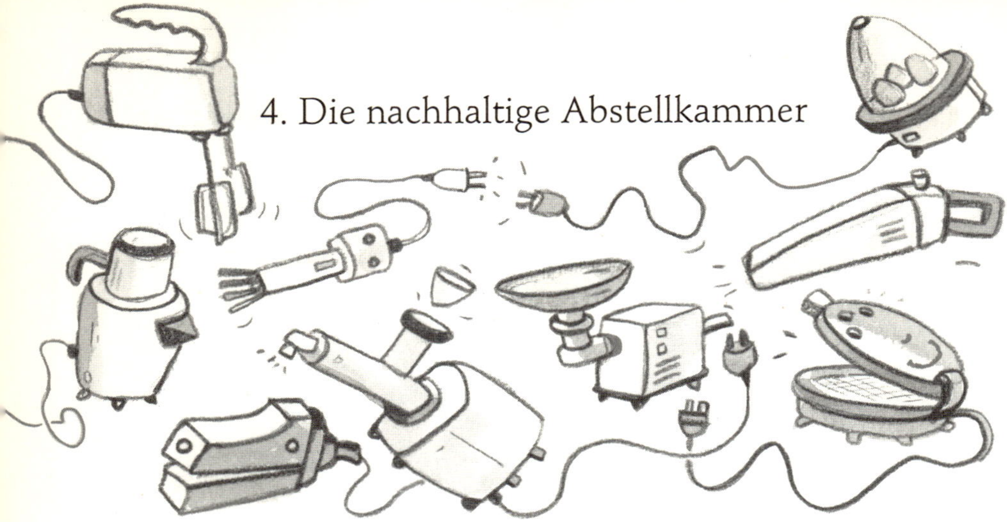

Marlene, Mama und ich saßen auf dem Teppich in meinem Zimmer, und ich erzählte. Zuerst verschwand der Ärger über mich auf Mamas Gesicht, dann kam dort eine Wut an. Schließlich nahm sie mich in die Arme.

»Das ist ja so was von gemein«, schimpfte Marlene. »Wieso hat dich keiner gefragt, wie alles angefangen hat?«

»Weil ich diesen Kai im Gesicht erwischt habe«, sagte ich traurig und befreite mich wieder aus Mamas Armen. »Man darf nicht ins Gesicht schlagen.«

Mama zuckte zusammen. »Man darf eigentlich überhaupt nicht schlagen, nicht nur nicht ins Gesicht«, murmelte sie.

»Wenn du dich nicht gewehrt hättest, wärst du ihr neues Opfer geworden. Dann hätten dich alle getröstet und ein Riesentheater um dich gemacht«, sagte Marlene. Sie klang, als wüsste sie genau, wovon sie sprach.

»Das wird auf alle Fälle auch ein großes Theater geben«,

seufzte Mama. »Es war schwer genug, überhaupt einen Platz an der Schule zu bekommen, Anton.«
Das wusste ich. Ich senkte den Kopf und sagte nicht laut, dass ich doch auch gar nicht auf das Goethe-Gymnasium hatte gehen wollen.
»Das ist alles wegen dieses blöden Wettbewerbs«, sagte Marlene. »Meine Schwester ist deswegen im letzten Jahr von der Schule geflogen. Sie war denen zu schwierig.«
»Wegen des Nachhaltigkeitswettbewerbs vom Institut der Zukunft fliegen schwierige Schüler von der Schule?«, fragte ich perplex.
»Quatsch!« Marlene musste beinahe lachen. »Nein, wegen des Wettbewerbs *Heiterste Schule des ganzen Landes*. Den will der Schulleiter unbedingt gewinnen. Darum.«
»Das ist ja nicht zu fassen!«, empörte sich Mama.
In dem Moment kam Paps nach Hause. Ihn hatten sie wohl auch angerufen, sonst wäre er noch gar nicht da. Er steckte kurz seinen Kopf in mein Zimmer und sagte uns Hallo. Dann verzogen sich meine Eltern erst einmal zu einer Besprechung in ihr Schlafzimmer.

Nach zehn Minuten kam Paps zu mir und drückte mich an sich. »Das kriegen wir wieder hin«, sagte er.
Ich nickte. Was sollte ich auch sonst tun?
»Nun macht ihr am besten eure Hausaufgaben«, sagte Paps.

»Wir haben noch nichts auf. Aber wir wollen bei diesem Wettbewerb mitmachen«, sagte Marlene und zeigte Paps ihren Zettel.
»Prima«, sagte er. »Wenn ihr Hilfe braucht, dann sagt Bescheid.«
Zuerst klingelten wir bei Familie Wächter, der das Haus gehört. Wächters baten uns ins Wohnzimmer. Wir setzten uns auf das Sofa, und Frau Wächter stellte Saft und Kekse auf den Beistelltisch. Sie und ihr Mann schienen sich über unseren Besuch wirklich zu freuen. Ich nahm mir einen Keks, und Marlene erklärte ihnen den Plan.
»Das ist eine gute Idee«, sagte Herr Wächter. »Früher nach dem Krieg hatte keiner irgendwas. Da war es ganz normal, dass man sich half und die Dinge verlieh, die jemand brauchte. Heute will ja jeder alles immer gleich besitzen. Dabei kannst du überhaupt nichts mitnehmen, wenn es mal zu Ende geht.«
Herr Wächter wurde etwas sentimental. Vielleicht hatte er gerade ausgerechnet, dass es bis zu seinem Ende nicht mehr ganz so lange hin war. Obwohl er eigentlich noch ziemlich fit aussah. Seine Frau stand auf und gab ihm einen Kuss. Marlene und ich grinsten uns verlegen an. Dann ging Frau Wächter in die Küche und kramte dort ein bisschen herum. Freudestrahlend kam sie zurück und legte etwas auf den Tisch.
»Hier ist schon mal etwas, das ihr in den Ausleihraum legen könnt«, meinte sie.

»Oh, wie nett«, sagte ich und starrte erschrocken auf das seltsame Ding aus Metall.

»Ein Fleischwolf«, murmelte Marlene. »So etwas braucht man wirklich nicht alle Tage.«

»Aber manchmal würde man schon gerne etwas hindurchdrehen wollen«, polterte Herr Wächter, und seine Frau kicherte. Dann gab uns Herr Wächter einen Schlüssel, und wir hatten alle Hände voll zu tun. Wir putzten den kleinen Raum. Paps holte zwei Regale aus unserem Keller, die da gestanden hatten, bis sie gebraucht wurden. Wir sagten allen Nachbarn im Haus Bescheid, dass sie ihre Wohnungen nach Dingen durchsuchen sollten, die sie verleihen würden. Die wollten wir am nächsten Nachmittag einsammeln. Abends fiel ich todmüde ins Bett und war froh, dass ich keine Zeit hatte, über irgendetwas anderes nachzudenken.

Das tat ich dann am nächsten Tag in der Schule. Die ganze Zeit schaute ich aus dem Fenster in den Baum und den Regen hinaus. Frau Wolfert sagte nichts dazu. Entweder bemerkte sie es nicht, oder sie wusste, dass es mir nicht so gut ging und vielleicht sogar, warum. Am Ende der sechsten Stunde gab sie mir einen Brief an meine Eltern mit. Ich war mir sicher, dass sie mich dabei traurig anschaute. Aber vielleicht bildete ich mir das auch nur ein. Es war sowieso ein Tag der Einbildungen. Vorhin hatte ich nämlich auch geglaubt, dass einige

Regentropfen nicht vom Himmel auf die Erde fielen, sondern anders herum. Wenn ein Tropfen von oben einen von unten traf, explodierten beide in viele glitzernde Minitropfen. Ich hatte das aber nicht Marlene gezeigt. Es wäre traurig gewesen, wenn sie es nicht gesehen hätte.

Am Nachmittag arbeiteten wir wieder am Projekt *Ausleihraum*. Langsam füllten sich die Regale.

»Komisch, was die Leute eigentlich gar nicht gebrauchen können, sich aber trotzdem gekauft haben«, stellte Marlene verwundert fest.

»Wer benutzt denn zum Beispiel einen Tischstaubsauger?«, überlegte ich.

An die Tür klebten wir eine Gebrauchsanleitung und die Ausleihliste. Dann brachten wir jedem im Haus einen Schlüssel für den Raum. Herr Wächter hatte überraschenderweise einen Bund mit weiteren sieben Schlüsseln dafür in seiner Kommode gefunden. Alles passte perfekt zusammen.

Wir machten Fotos, die wir ausdruckten, und Marlene schrieb die Idee unseres Projekts noch einmal ins Reine. Wir interviewten Frau Wächter und Paps, die die ganze Sache sehr lobten. Die Fotos, die Idee und die lobenden Worte hefteten wir in eine Mappe.

Unsere Projektmappe brachten wir am nächsten Morgen Frau Wolfert in die Schule mit.

»Das ist ja wunderbar«, rief sie ein bisschen zu laut. Sofort war mir klar, dass da irgendetwas nicht stimmte. »Leider stand auf dem Zettel keine Adresse, wohin man die Beiträge schicken soll«, fuhr Frau Wolfert bedauernd fort. »Der Schulleiter vermutet, dass das Ganze ein Scherz ist, und hat beschlossen, dass unsere Schule nicht daran teilnehmen wird.«
Marlene und ich standen da, als hätte uns Frau Wolfert einen Eimer mit kaltem Wasser übergekippt.
»Es tut mir sehr leid. Ihr habt euch solche Mühe gegeben«, murmelte unsere Lehrerin.
»Das macht doch nichts«, sagte ich, obwohl ich mich doch ärgerte. »Der Ausleihraum funktioniert ja auch ohne Wettbewerb. Außerdem mag ich Wurst und Schnaps sowieso nicht besonders gern.«
Frau Wolfert schaute mich überrascht an, ich hatte aber keine Lust, ihr von den Präsentkörben zu erzählen.

»Wahrscheinlich müssen sie sich zu sehr auf den anderen Wettbewerb konzentrieren und ausgesprochen heiter sein«, sagte ich auf dem Heimweg. »Da kann man sich die Teilnahme an einem etwas undurchsichtigen Wettbewerb nicht leisten.«
Marlene kicherte. »Entschuldige bitte«, meinte sie dann, »das ist ja eigentlich nicht zum Lachen.«
»Macht doch nichts«, sagte ich. Ich fand es schön, wenn

Marlene kicherte. Dann fühlte sich alles nicht so schlimm an. Plötzlich fiel mir etwas ein. »Wir wissen doch, wo dieses Institut ist! Wer verbietet uns denn, dass wir die Mappe dort in den Postkasten werfen?«

»Keiner«, sagte Marlene. »Und darum nehme ich die nachher mit, wenn ich zum Ballett gehe.«

»Yeah!«, rief ich und fand das selbst etwas albern.

In unserem Treppenhaus traf ich Frau Wächter.

»Anton, das ist wirklich so eine schöne Idee von euch gewesen«, rief sie mir zu und winkte mit dem Tischstaubsauger. Ich musste mir ein Grinsen verkneifen. Dann kam Herr Wächter an die Wohnungstür und nickte mir zu.

»Meine Frau ist ganz aus dem Häuschen«, flüsterte er grinsend. »Den ganzen Tag läuft sie die Treppe hoch und runter, schleppt ein Gerät nach dem anderen herbei und probiert es aus.«

Am Abend musste ich eine neue Ausleihliste aufhängen. Frau Wächter hatte die erste komplett vollgeschrieben.

5. Das Elterngespräch

Am nächsten Montag passierten zwei Sachen. Eigentlich drei. Aber die eine Sache war so klein, dass ich ihre Bedeutung erst viel später verstand.
Um neun Uhr hatten meine Eltern und ich einen Termin im Büro des Schulleiters. Frau Wolfert war auch dabei. Kurz bevor Paps an die Tür des Büros klopfte, schaute er Mama und mich noch einmal eindringlich an.
»Also, wir sind uns einig?«, fragte er.
Mama und ich prusteten los.
»Was ist denn in euch gefahren?«, fragte Paps völlig verwirrt.
Ich schaute Mama an, und Mama schaute mich an. Wir hörten auf zu lachen.
»Warum haben wir gelacht?«, fragte ich.
»Ich weiß es nicht«, sagte Mama und wischte sich die Tränen von den Wangen.
»Das ist ja gruselig«, sagte ich. Denn ich wusste es auch nicht.

»Das war ganz klar eine Übersprunghandlung«, sagte Paps.
»Hoffentlich haben die das da drin nicht gehört«, flüsterte Mama.
»Also, sind wir uns einig?«, wiederholte Paps seine Frage.
Mama und ich nickten. Wir waren uns einig. Gestern hatten wir noch lange miteinander gesprochen. Meine Eltern fanden die ganze Sache sehr bedenklich und waren auf einmal doch unsicher, ob die Schule wirklich die richtige für mich sei.
»Wenn ein Wettbewerb mehr zählt als ein Kind, dann läuft doch etwas schief«, hatte Paps gesagt.
»Anton, möchtest du auf dieser Schule bleiben?«, hatte Mama gefragt.
Ich wollte schon Nein! rufen, doch dann hatte ich noch einmal kurz nachgedacht. In der letzten Woche hatte ich Marlene kennengelernt, und vielleicht würden wir richtig gute Freunde werden.
»Ich möchte bleiben«, hatte ich geantwortet.
»Gut«, hatte Paps bestimmt. »Das bedeutet also, wir regen uns nicht auf. Anton entschuldigt sich, wir lächeln und bleiben ruhig.« Dabei hatte er Mama und mich bedeutungsvoll angeschaut. Dass er ruhig bleiben würde, war klar. Aber Mama?
Nun schlug die Stunde der Wahrheit, und wir traten ins Büro. Der Schulleiter blickte uns streng entgegen.
»Haben Sie da draußen eben gelacht?«, fragte er.
»Wir wollten ein wenig Heiterkeit verbreiten«, sagte Mama,

bevor Paps es verhindern konnte. Ich sah, dass Frau Wolfert heimlich lächeln musste.
Wir machten es genauso, wie besprochen. Auch wenn es Mama wirklich schwerfiel. Besonders als der Schulleiter uns erst anschrie, dann Mama einfach duzte und schließlich meinte, er hätte auch die Polizei holen können, denn ich hätte den Strafbestand der Körperverletzung erfüllt und sei nun ein Krimineller. Da nahm Paps schnell Mamas Hand, Mama nahm meine, und dann lächelten wir alle drei.
Ich musste mir vorstellen, dass sich unter dem Schulleiter der Boden öffnen und er in der Unterwelt versinken würde. Das passierte leider nicht. Stattdessen kippte Frau Wolfert plötzlich mit ihrem Stuhl um. Paps sprang auf und half ihr, wieder aufzustehen. Dann sah er sich Frau Wolferts umgeknickte Hand an. Paps ist Arzt.
Der Schulleiter bat uns schließlich zu gehen. Wahrscheinlich gefiel ihm nicht, dass ihn niemand mehr beachtete. Es war ein seltsamer Morgen.

Die andere Sache war der Brief, den Marlene mitgebracht hatte und den sie mir in der Pause zeigte.
»Vom Institut der Zukunft«, sagte sie etwas atemlos.
»Das ging ja schnell«, rief ich überrascht. »Ich meine, du hast doch die Mappe erst am Freitag eingeworfen. Wie kann das sein?«

»Entweder haben nicht so viele beim Wettbewerb mitgemacht, oder unsere Idee ist einfach unschlagbar«, sagte Marlene und riss den Umschlag auf. »Wir haben gewonnen!«
Im Überschwang nahmen wir uns an den Händen und hüpften um unseren Tisch herum. Marlene hielt noch immer den Brief in der einen Hand. Aus dem Augenwinkel glaubte ich, etwas Ungewöhnliches zu sehen. Es sah so aus, als würde am unteren Rand etwas in roter Farbe geschrieben stehen. Etwas wie:

WESEN RUF: RUIN!

Was sollte das denn bedeuten? Sofort fiel mir das LOL in der Antwortmail ein. Wollte uns hier tatsächlich jemand verulken? Ich versuchte, einen besseren Blick auf den Brief zu erhaschen. Aber Marlene fuchtelte zu sehr mit dem Papier herum. So las ich:

RUFE WER IN UNS!

Ich hörte auf zu hüpfen und hielt Marlenes Hand fest. »Marlene, zeig mal bitte den Brief«, sagte ich.
Sie hielt ihn mir unter die Nase. »Da steht's: *Herzlichen Glückwunsch! Ihr habt gewonnen!* Sie freuen sich, uns am nächsten Samstag zur Siegerehrung im Institut begrüßen zu dürfen.«
Ich schaute auf den unteren Rand. Dort stand nichts, zumindest nichts Rotes. Sondern einfach nur schwarz auf weiß:

»Was gibt's denn hier zu tanzen?«, fragte Kaspar.
»Wir haben bei diesem Nachhaltigkeitswettbewerb gewonnen«, sagte Marlene.
»Hä? War denn da schon Abgabe? Wir haben uns ja noch gar nichts ausgedacht«, wunderte sich Kaspar.
»Meine Mutter meint, das Ganze ist sowieso nicht echt«, sagte Tim. »Es gab überhaupt keine Adresse vom Institut auf dem Zettel. Und im Netz findet man auch nichts.«
Frau Wolfert kam in die Klasse und bat uns, die Deutschbücher auszupacken. Sie trug nun einen Verband um ihre Hand und warf mir einen seltsamen Blick zu. Darum setzte ich mich schnell auf meinen Stuhl und schlug das Buch auf.

Am Nachmittag rief mich Marlene an. »Anton, meine Eltern wollen zur Preisverleihung mitgehen«, sagte sie. Seltsamerweise klang sie ganz unglücklich.
»Das ist doch schön. Ich sage meinen Eltern auch gleich Bescheid«, sagte ich.
»Okay«, murmelte Marlene bedrückt. »Meine Tante Uli kommt übrigens auch mit.«
Irgendetwas klingelte bei diesem Namen. Aber nicht laut genug. »Toll«, sagte ich darum.
Ich habe keine Tante und wünsche mir schon immer eine

große Familie. Aber wir sind nur zu viert: Mama, Paps, Opo und ich. Opo ist der Vater von Paps. Wenn wir zusammen unterwegs sind, stöhnt Mama manchmal: »Umgeben von lauter Männern. Wie soll man da vernünftig denken können.«
So etwas habe ich, ehrlich gesagt, auch schon mal gedacht, nur anders herum. Erst im Kindergarten und dann in der Grundschule. Man muss aber immer aufpassen, was man sich so wünscht. Nun muss ich mich mit diesem Schulleiter und einem seltsamen Physiklehrer, der sich anscheinend nicht traut, laut zu sprechen, herumärgern.

Als meine Eltern nach Hause kamen, erzählte ich ihnen sofort von unserem ersten Platz im Wettbewerb.
»Oh, wie wunderbar!«, rief Mama. »Und nächsten Samstag ist die Ehrung? Na, dafür werde ich mir noch ein schönes Kleid kaufen.«
Paps lächelte seine Frau an. Plötzlich hätte ich vor Glück laut lachen können. Dass ich es nicht tat, lag daran, dass der Moment einfach nicht lang genug dauerte.
Beim Abendbrot blinzelte Paps aus sehr müden Augen.
»Du hast wohl gerade sehr viel zu tun, mein Liebster?«, fragte Mama voller Sorge.
»Ach, es geht«, antwortete Paps, der Mama nie beunruhigen möchte. Natürlich merkt sie das immer und glaubt ihm darum nicht. »Im Moment kommen allerdings viele Patienten

in die Praxis und klagen über seltsame Erscheinungen und Halluzinationen. Darüber wollen sie sich natürlich lange aussprechen, obwohl ich sie ja eigentlich nur an einen Psychiater überweisen kann. Dann zieht sich so ein Tag.«

Ich dachte sofort an die Wandbretterschnecken in der Aula, an den Kaugummiblasenballon, das Wurmloch und die Regentropfen, die von unten nach oben gefallen waren. Aber Paps sah so entsetzlich müde aus, dass ich beschloss, ihm das nicht zu erzählen.

»Halluzinationen«, sagte Mama und hatte ein kleines Lächeln im Mundwinkel versteckt.

»Vielleicht hat ja jemand irgendwas ins Trinkwasser gemischt«, sagte ich.

Mama lachte. »Das wäre ja mal was ganz Neues.« Dann hob sie ihr Wasserglas. »Prost, Jungs! Auf ein paar nette Halluzinationen!«

Paps und ich hoben ebenfalls unsere Gläser, und wir stießen an. Dann tranken wir sie auf einmal leer.

6. Stecken geblieben

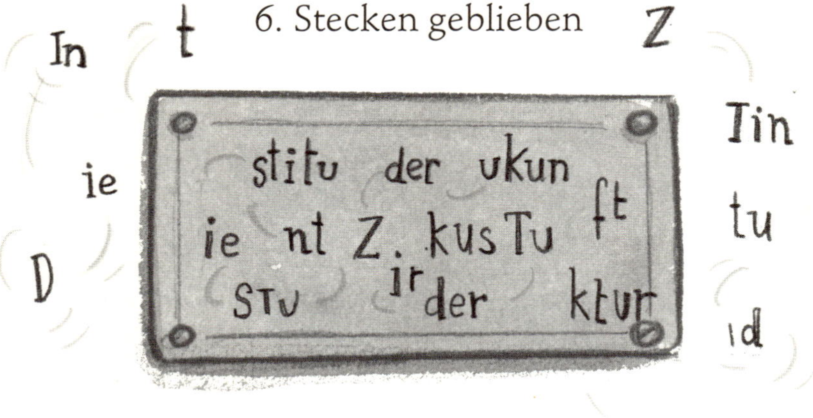

Luisa war auch mitgekommen.
»Mein Vater hat darauf bestanden«, raunte mir Marlene zu und zwirbelte hektisch an ihrem Zopf. »Es tut mir leid.«
»Das macht doch nichts«, murmelte ich.
Wir standen vor dem großen Haus und warteten noch auf Marlenes Tante Uli. Es war schon zehn Minuten nach vier. Ich schaute mich nach Herrn und Frau Müller um. Die standen etwas abseits. Dabei hatten Mama und Paps sie herzlich gegrüßt und versucht, sie in ein Gespräch zu verwickeln. Doch nach einigen einsilbigen Antworten waren Müllers wieder ein Stück zur Seite getreten. Entweder waren sie noch schüchterner als Marlene, oder sie mochten meine Eltern nicht. Vielleicht weil sie sich neben ihnen etwas unscheinbar fühlten? Herr und Frau Müller waren ziemlich klein. Marlene überragte sie schon jetzt mit ihren zehn Jahren. Sie waren beide rundlich und wirkten seltsam unauffällig, obwohl ich

mir sicher war, dass sie sich in Schale geschmissen hatten. Das konnte man nur nicht sehen. Bei Mama war das völlig anders. Sie hatte sich richtig herausgeputzt und sah toll aus. Auch Paps trug zu seinem strahlenden Lächeln seinen besten Anzug.

Nur Opo hatte da nicht mitmachen wollen. »Anton, du weißt, ich bin stolz auf dich. Deswegen muss ich aber keinen Pfau aus mir machen«, hatte er gesagt, nachdem er Mamas vorwurfsvollen Blick auf seine alte senfgelbe Cordjacke und seine alltägliche Kappe über sich ergehen lassen hatte.

»Klar, Opo, kein Problem«, hatte ich gesagt.

Er war gerade erst von einer seiner Reisen an die See zurückgekehrt, und ich freute mich riesig, dass er bei der Preisverleihung dabei sein konnte.

Nun stand er jedoch mit grummeligem Gesicht neben Paps und schaute bestimmt das zehnte Mal auf seine Armbanduhr.

»Immer muss man auf die Weiber warten«, brummte er.

Ansonsten war unsere ganze Versammlung ziemlich still. Vielleicht weil keiner so recht wusste, was er sagen sollte.

Luisa saß abseits auf einem Poller und versuchte, gefährlich auszusehen. Ihre langen Spaghettihaare waren rabenschwarz. So wie auch ihre Nägel. Sie hatte mindestens zehn Ringe in jedem Ohr. Die ganze Kante entlang vom Ohrläppchen bis zum oberen Ansatz war durchlöchert. Dazu trug sie Armbänder mit Nieten und Metallspitzen und eine total zerrissene

Strumpfhose unter einem sehr, sehr kurzen Rock, der aber vielleicht auch ein Gürtel war.
»Deine Schwester ist ein Punk«, stellte ich fest.
»Pfff!«, machte Marlene. »Das ist alles gar nicht echt, sondern billiger Modeschmuck aus Blech.«
»Aber die Ohrringe«, sagte ich.
»Das sind nur Attrappen«, meinte Marlene. »Luisa hat nicht ein einziges Loch in den Ohren, weil sie Angst hat, dass das Stechen weh tun könnte.«
Ich versuchte, Genaueres zu erkennen.
»Ey, du kleiner Zwerg!«, fuhr Luisa mich an. »Was glotzt du so? Weggucken, sofort!«
»Auweia«, stöhnte Marlene und zwirbelte. »Ist die peinlich.«
Da fiel mein Blick auf das Schild des Instituts. Überrascht schnappte ich nach Luft. Denn da stand:

DIENT ZIRKUS TUTU

Warum hatten die das Schild geändert? Und was sollte das für ein komischer Zirkus sein, dem das Institut diente?
In dem Moment berührte mich Marlene am Arm. »Was wollen die plötzlich mit einer Tinktur?«, wunderte sie sich.
»Äh, wie bitte?« Ich hatte überhaupt keine Ahnung, wovon Marlene sprach.
Sie ließ ihren Zopf los und deutete auf das Schild. Ich blinzelte zweimal.

Dann las ich vor, was dort stand: »Institut der Zukunft«.
»Na logisch.« Marlene lachte erleichtert und drehte wieder ihren Zopf. »Weißt du, was ich da gerade gelesen habe?«
»Dient Zirkus Tutu?«, fragte ich.
»Quatsch, was denn für ein Zirkus?«, sagte sie kopfschüttelnd.
»Ich dachte eben, da würde STUDIE ZU TINKTUR stehen.«
»Was für ein seltsamer Verleser«, sagte ich und grinste ein bisschen.
»Huhu, huhu!«, rief in dem Moment jemand.
»Was?«, kreischte Luisa los. »Die seltsame Schachtel kommt auch mit? Dann ist ja der ganze Idiotenverein versammelt.«
Wieso rastete Luisa denn so aus? Hatte sie vor lauter Pubertät gar nicht mitbekommen, dass wir zwanzig Minuten auf ihre Tante gewartet hatten?
»Ich freue mich ebenfalls, dich zu sehen, meine liebe Luisa«, sagte die herbeieilende Person, bevor sie Marlene in ihre Arme riss.
»Tante Uli«, schnaufte Marlene. »Schön, dass du gekommen bist.«
Mir fielen fast die Augen aus dem Kopf, und die Sprache hatte es mir auch verschlagen. Denn vor mir stand die merkwürdige Dame, mit der ich bei der Einschulung getanzt hatte!
»Das ist meine Tante Uli. Sie ist ein bisschen verrückt, aber das weißt du ja schon«, sagte Marlene und lachte.
»So eine Überraschung! Mein galanter Tanzpartner, mit dem ich diese langweilige Schulveranstaltung etwas aufmischen

durfte«, rief Tante Uli und drückte mir eine Kartoffel in die Hand. »Halt die doch mal bitte kurz für mich.«
Dann presste sie mich ebenso fest an ihren großen Busen wie zuvor Marlene. Zum Glück ließ sie mich frei, bevor ich erstickte. Dafür schmatzte sie mir noch einen etwas klebrigen Lippenstiftkuss auf die Wange.
»Wenn ich das geahnt hätte, dann hätte ich mich aber ein bisschen herausgeputzt«, sagte Tante Uli und richtete ihren goldenen Turban, der bei der Knutscherei etwas verrutscht war. Ich konnte mir nicht vorstellen, wie das hätte aussehen sollen. Denn auch ohne Herausputzerei flimmerte und glitzerte Marlenes Tante wie ein übervoll behängter Weihnachtsbaum.
Inzwischen hatten sich auch Mama und Paps von ihrem ersten Schrecken wieder erholt und kamen mit einem herzlichen Lächeln hinzu. Weil ich nicht wusste, was ich sonst damit machen sollte, steckte ich die Kartoffel in meine Hosentasche.
»Guten Tag, wir sind Familie Kramer«, sagte Paps.
»Ich bin Tante Uli«, sagte Tante Uli.
Sie ignorierte Paps ausgestreckte Hand und drückte ihn kurzerhand ebenfalls dahin, wo erst Marlene und dann ich mit unseren Nasen gesteckt hatten. Tante Uli war echt groß, und Mama zog ihre Stirn in Falten, als sie ihren Mann dort am Busen der glitzernden Dame sah. Aber nicht lange.
»Ach, meine Liebe, Sie sehen einfach umwerfend aus«, flötete Marlenes Tante im nächsten Moment, und ein erfreutes Lächeln zog Mamas Stirn wieder glatt.

Während sich die beiden Frauen herzlich die Hände schüttelten, warf ich einen Blick zu Opo. Der stand da und vergaß, seinen Mund wieder zu schließen, den er wohl vor Überraschung aufgerissen hatte.
»Na, und auf die grauen Mäuse ist auch wie immer Verlass«, tönte Tante Uli und warf Marlenes Eltern einen Blick unter hochgezogenen Augenbrauen zu.
Marlene zuckte etwas zusammen, und Luisa feixte, Frau Müller wurde rot, und ihr Mann stampfte zornig mit dem Fuß auf.
»Was steht ihr hier draußen noch herum«, rief Tante Uli, bevor ein Streit ausbrechen konnte, und klatschte in die Hände.
»Lasst uns in dieses Institut gehen und diese großartigen Kinder feiern!«
Dann hakte sie Mama unter und zog sie mit sich. Paps zwinkerte mir belustigt zu. Opo schloss endlich seinen Mund und ruckelte an seiner Kappe herum.
»Typisch Tante Uli«, sagte Marlene leise und grinste.
»Vielleicht wird dieser ganze Quatsch ja doch ganz lustig«, freute sich Luisa.

»Wir warten lieber auf den nächsten«, brummte Herr Müller, als der Fahrstuhl mit einem *Pling* die Tür öffnete.
»Unsinn«, sagte Tante Uli. »Hier passen wir doch alle rein.«
Dann schob sie kurzerhand die pummligen Eltern von Marlene zu uns in die enge Kabine. Marlene drückte auf die Num-

mer fünf der Etagenknöpfe. Daneben war das Schild des Instituts angebracht. Bevor sich die Tür wieder schloss, atmete ich noch einmal tief ein. Als hätte ich geahnt, dass es eine Weile dauern würde, bis wir wieder frische Luft bekommen sollten. Der Fahrstuhl setzte sich ruckelnd in Bewegung.

»Vielleicht sind wir doch zu schwer«, sagte Frau Müller etwas ängstlich.

»Einige von uns ganz bestimmt«, meinte Luisa frech.

Dafür handelte sie sich einen Knuff von ihrem Vater ein.

Blöderweise sagte Paps dann: »Sie können doch Ihre Tochter nicht so herumstoßen!«

»Das müssen Sie gerade sagen!«, ereiferte sich Herr Müller. »Immerhin ist doch Ihr Sohn der Schläger.«

Ich zuckte zusammen, denn das war eigentlich nicht unbedingt das Thema, über das ich zusammengequetscht in einem Fahrstuhl nachdenken wollte. Schon gar nicht, wenn dieser Fahrstuhl eine Traglast von acht Personen hatte, sich darin aber neun Personen befanden, von denen zwei ziemlich dick und eine quasi eine Riesin war.

Mama atmete aus, dass es pfiff. Ich schaute Marlene an. Marlene schaute ihre Mutter an. Ihr Zopf propellerte, vom Zorn angetrieben, so schnell wie noch nie.

»Du hast es ihm erzählt?«, fragte sie ärgerlich. »Das war ein Geheimnis!«

Frau Müller senkte beschämt den Kopf.

»Gewisse Wahrheiten sollten keine Geheimnisse bleiben«,

sagte Herr Müller und versuchte, Paps triumphierend in die Augen zu schauen. Das funktionierte natürlich nicht. Stattdessen starrte er ihm auf das Kinn.

»Jetzt ist es aber genug!«, knurrte Paps.

»Mutter kannste nicht trauen, kleines Schwesterchen«, ließ sich da Luisa vernehmen. »Diese Erfahrung musste ich leider auch machen. Bei Müllers wird alles gepetzt.«

»Luisa! Das ist deine Mutter, der du gefälligst Respekt zollst«, dröhnte Tante Uli, die wohl ihre Schwester verteidigte.

»Da haben Sie völlig recht, Frau Uli. Diese jungen Leute heute, die haben einfach keine Manieren mehr«, mischte sich auch noch Opo ein.

Es entstand ein richtiges Gerangel. Würde das jetzt eine Klopperei im Fahrstuhl geben? Doch da fiel mir plötzlich etwas ganz anderes auf. »Wir sind stecken geblieben«, stellte ich fest.

»Ach, du liebes Gottchen!«, rief Mama, die sich sowieso nicht so gerne mit vielen Menschen in einem kleinen Räumchen aufhält.

In dem Moment hüllte uns auch noch eine furchtbare Gestankwolke ein.

»Herbert! Wie kannst du in so einer Situation pupsen!«, schimpfte Tante Uli los.

»Das war ich nicht«, knurrte Herr Müller.

»Natürlich warst du das. Dieser Geruch hat mich meine ganze Kindheit hindurch gequält.«

Tante Uli war wohl doch nicht die Schwester von Marlenes Mutter.
»Sollten wir uns nicht lieber darum kümmern, hier irgendwie wieder herauszukommen?«, warf Mama ein.
Paps hatte schon mehrmals auf den Alarmknopf im Fahrstuhl gedrückt, aber bisher war noch nichts passiert.
»Mir wird schlecht«, sagte Luisa.
Und ich musste plötzlich ganz fürchterlich auf die Toilette.
»Bitte bewahren Sie Ruhe. Wir haben Ihren Notruf erhalten. Eines unserer Rettungsteams ist auf dem Weg zu Ihnen«, erscholl da eine Stimme aus einem Lautsprecher.
»Na, Gott sei Dank«, knurrte Opo. »So einen Affenzirkus halte ich nicht lange aus.«
Tante Uli kicherte. Dann war es für einige Minuten sehr still. Bis die Minuten sich ausdehnten und zu Stunden wurden.
»Entschuldigen Sie bitte«, unterbrach die Stimme aus dem Lautsprecher endlich die quälende Warterei. »Unser Rettungsteam hat sich leider verfahren. Es wird in etwa einer halben Stunde bei Ihnen sein.«
»Das darf doch wohl nicht wahr sein«, wimmerte Mama.
»Ich will hier raus!«, schrie plötzlich Luisa und schlug gegen die Fahrstuhlwand.
Ich fand ja, das machte ein sehr beängstigendes Geräusch. Aber Luisa ließ sich nicht stoppen.
»Könntest du damit bitte aufhören!«, donnerte Paps sie irgendwann an.

»Was fällt Ihnen ein, mein Kind anzuschreien?«, brüllte Herr Müller.
»Was fällt Ihnen ein, mich zu duzen?«, schrie Luisa.
In dem Moment gab es ein knirschendes Geräusch.
»Wir stürzen ab!«, kreischte Tante Uli.
Stattdessen öffnete sich die Fahrstuhltür. Genau vor uns war die Decke der vierten beziehungsweise der Fußboden der fünften Etage. Darauf standen zwei Beine in einer grünen Hose. Darunter ging es in den Flur irgendeines Büros.
»Was ist denn hier los?«, herrschte uns eine männliche Stimme an, die zu den Beinen im Fünften gehörte.
»Der Fahrstuhl ist stecken geblieben«, erklärte Paps.
»Das habe ich nicht gemeint, denn das sehe ich selbst«, sagte der Mann über uns.
Dann beugte er sich runter, und ich sah den Umriss seines Kopfes durch den Schlitz.
»Himmel, hier herrscht aber dicke Luft«, murmelte er. »Wollen die Herrschaften lieber klettern oder springen?«

7. Die Siegerehrung

Mama, Paps und ich kletterten aus dem Fahrstuhl. Dann gab es ein Hin und Her, weil Herr und Frau Müller zu dick waren, um durch den oberen Schlitz in den fünften Stock zu gelangen. Herr Müller versuchte es erst gar nicht, nachdem er mit angesehen hatte, wie Paps von oben an den Armen der festgeklemmten Frau Müller zerrte und dann Tante Uli versuchte, sie an den Füßen wieder zurück in den Fahrstuhl zu ziehen. Als sie endlich frei war, richtete Frau Müller ihren Rock und die zerrissene Bluse. Ihre Lippen zitterten etwas, und ich befürchtete schon, dass sie gleich anfangen würde zu weinen. Sie tat mir unendlich leid.

Tante Uli ließ sich dann durch den unteren Schlitz in den vierten Stock hinab und rief: »Spring Gertrud, ich fang dich auf!« Es schien keine weiteren Probleme zu geben, denn nach einigen Minuten kamen sie alle wohlbehalten über die Treppe in den fünften Stock.

»So etwas habe ich noch nicht erlebt«, murmelte Opo, der als Ältester von uns schon eine ganze Menge erlebt hatte. Ich fragte mich, ob Tante Uli ihn auch aufgefangen hatte.
Endlich konnten wir uns dem Herrn im grünen Anzug zuwenden, der die ganze Zeit aus dem Fenster geschaut und so getan hatte, als würde ihn das Ganze nichts angehen. Als er nun sah, dass wir ihn anblickten, knipste er ein Lächeln in seinem Gesicht an und stellte sich als der Leiter des Instituts der Zukunft vor.
»Einen Namen hat der wohl nicht«, flüsterte Marlene.
»Vielleicht gibt es so etwas Alltägliches in der Zukunft nicht mehr«, raunte ich. Irgendwie kam mir der Typ eigenartig vor. Das konnte aber auch daran liegen, dass die Jacke seines wiesengrünen Anzugs seltsam geschnitten war. Wie ein Cape mit Kapuze. Aber vielleicht war das ja allerneuste Zukunftsmode.
Der Leiter des Instituts schüttelte erst den anwesenden Damen und Herren die Hand. Dann strahlte er Marlene und mich an. Dieses Strahlen war noch heller, als sein Lächeln für die Eltern. Es blitzte sogar grell auf.
»Die Presse ist da!«, rief Luisa.
Sie stand auf einmal zwischen uns, lachte und strich ihr Spaghettihaar zurück, als würde es in frechen Kringeln immer wieder in ihr Gesicht fallen. Dann legte sie sogar den Arm um meine Schulter.
»Ach, so ist das«, brummte sie aber nach einer kleinen Weile enttäuscht.

Sie ließ abrupt ihre Haarsträhnen in Ruhe und meine Schulter los und stapfte nach hinten, wo sie wieder auf dem Display ihres Smartphones herumwischte. Es war nämlich gar kein Fotograf irgendeiner Zeitung anwesend. Stattdessen hielt eine Frau, neben der Tante Uli völlig unspektakulär aussah, eine kleine altmodische Einwegkamera mit Blitz in der Hand.

»Wer macht denn heute noch analoge Bilder?«, fragte ich leise.

»Vielleicht sind die hier beim Institut der Zukunft total in die Vergangenheit verliebt«, kicherte Marlene. »Weil sie an einer Zukunftsüberdosis leiden.«

Dabei sah die Frau mit der Kamera aus, als käme sie direkt von dort. Alles an ihr war irgendwie gleißend und grell: ihr leuchtend blaues hautenges Kleid genauso wie die tomatenroten Haare. Dazu trug sie silberne Schuhe mit superhohen Absätzen, mit denen sie bestimmt ohne große Probleme jemanden hätte durchbohren können. Auch ihr Gesicht hatte sie blau und silbern angemalt.

»Wenn das die Zukunft ist, sieht sie finster aus«, murmelte Tante Uli. Dann öffnete sie ihre Handtasche und zog sich mit einem roten Lippenstift ihre Lippen nach.

»Eher rotblausilber, oder?«, raunte Marlene, und ich prustete los.

Währenddessen juchzte die seltsame Zukunftsdame vor lauter Wonne und blitzte noch immer mit ihrer kleinen Kamera herum.

»Ich glaube, da ist nicht mal ein Film drin«, brummte Opo. »Schaut mal, sie transportiert den gar nicht weiter nach der Belichtung.«

»Wozu dann dieses ganze Theater?«, flüsterte Mama.

Die Frau in Blau hörte auf zu blitzen. Sie hängte sich die Plastikkamera an den Arm und klatschte in die Hände.

»So, meine Lieben, nun schreiten wir zur Preisverleihung. Kommt, meine süßen Hühnchen!«

»Meine süßen Hühnchen?«, knurrte Opo. »Das geht jetzt aber langsam zu weit.«

Trotzdem folgten wir dem grünen Leiter des Instituts und der vor uns herschwirrenden blauen Frau in einen Saal. Neben der Tür stand ein Mülleimer. Ich sah, dass sie die Kamera dort hineinwarf.

Der Saal sah aus wie ein kleines Kino mit Bühne, von der einige Reihen gepolsterter roter Sessel nach hinten anstiegen. Als wir eintraten, brandete lauter Applaus auf. Mich störte der nicht, weil ich doch erst bei der Einschulung gedacht hatte, es würde lange keinen Applaus mehr geben. Allerdings war der Saal komplett leer. Niemand saß in den Sesseln. Nur eine einzelne Person in einem roten Kittel machte sich hinter einer Klappe in der Wand zu schaffen, wahrscheinlich am Stromkasten. Als wir an ihm vorbeiliefen, stellte der Leiter des Instituts den Mann als den Hausmeister vor.

»Tach auch«, knurrte der, schaute uns dabei aber nicht an. Trotzdem fiel mir auf, dass er eine ziemlich hausmeisteruntypische Frisur trug. Seine Haare waren kohlrabenschwarz, die Schläfen jedoch silberweiß. Als er sich tiefer zum Stromkasten beugte, fiel ihm eine schmalzige Locke in die Stirn. Er schüttelte sie unwillig zur Seite. Die Probleme mit dem Strom und den Schaltkreisen schienen seine ganze Aufmerksamkeit zu erfordern.

Der Leiter des Instituts bedeutete unseren Eltern, Opo, Tante Uli und Luisa mit einem Kopfnicken, sich in die erste Reihe zu setzen. Marlene und mich schob er auf die Bühne. Dort war an einer Stelle ein Kreuz aus schwarzem Tape aufgeklebt. Genau darauf sollten wir uns stellen. Der rasende Applaus brandete unverändert weiter. In dem Moment erstrahlte auch noch ein gleißendes Spotlicht, das genau auf uns gerichtet war. Ich kam mir unheimlich blöd vor.

»Ich habe das Gefühl, die veralbern uns hier«, flüsterte mir Marlene ins Ohr und drehte ihren Zopf.

»Das würde mich nicht wundern«, flüsterte ich zurück. »Irgendwie würde das sogar zu denen passen. So wie die aussehen.«

Marlene kicherte. »Hast du gesehen? Die tragen alle so ein kleines Abzeichen über der Brust. Sie scheinen Mitglieder einer geheimen Gruppe namens MARVEL zu sein. Das steht nämlich auf den Abzeichen.«

Nun musste ich kichern. »Das ist ein Comicverlag«, sagte ich. »Spiderman, Ironman, X-Men, weißt du?«

»Ach so. Die kenne ich, also Spiderman zumindest«, sagte

Marlene. »Trotzdem sind die drei seltsam. Die sind doch längst erwachsen. Und dann lesen die immer noch Comics?«
Der Mann im grasgrünen Anzug trat an ein Rednerpult und räusperte sich in ein Mikrophon. Hören konnte man das aber nicht. Der Hausmeister mit der schicken Schmalzfrisur drückte an mehreren Knöpfen herum. Endlich brach der Applaus ab, und das Mikrophon knackte. Dann hielt der Leiter des Instituts eine superlangweilige Rede über die Wichtigkeit der Nachhaltigkeit. Die ganze Zeit blendete uns das helle Licht. Darum konnte ich die anderen in ihren Sesseln vor uns kaum erkennen. Als der Grüne seine Rede beendet hatte, klatschten unsere Verwandten in der ersten Reihe höflich. Der Hausmeister drückte wieder auf die Knöpfe, und der Applaus vom Band übertönte das echte Klatschen. Die Zukunftsfrau in Blau hüpfte aufgeregt neben der Bühne herum und winkte uns zu. Marlene hatte völlig recht: Wir wurden hier hochgradig veralbert. Aber warum? Was sollte dieser ganze Quatsch?
Schließlich zog die blaue Frau einen Bollerwagen aus einer in der Wandtäfelung verborgenen Tür und schob ihn vor unsere Füße. Im Wagen standen zwei Präsentkörbe. Sie drückte jedem von uns einen in die Hand. Die Körbe waren in meterlange knisternde Folie eingewickelt.
»Besonders nachhaltig sind die ja nicht«, flüsterte Marlene.
»Als sie die Körbe bestellt haben, wussten sie wohl das Thema des Wettbewerbs noch nicht«, murmelte ich.

Unter der Folie erkannte ich Rumrosinen, eine Flasche Mirabellenlikör, Weinbrandpralinen, Käsekräcker, Rauchmandeln und eine Gewürzmischung für einen Café-de-Paris-Dip.

»Die hatten sie garantiert noch von einer Feierlichkeit für langjährige Mitarbeiter übrig«, meinte Marlene.

»Das wiederum wäre ja sehr nachhaltig«, raunte ich, und wir mussten kichern.

Der Hausmeister drückte wie verrückt auf den Knöpfen hinter der Klappe herum. Das Licht begann zu flackern, zu flimmern und sich zu drehen. Dabei wechselte es unablässig die Farbe. Dann erklang ein schmissiger Schlager.

»Die machen hier eine Disco für uns«, sagte Marlene erstaunt.

Das hatte Tante Uli auch sofort erkannt. Sie kam auf die Bühne gestürmt. Dabei zog sie Opo mit sich, den sie fest im Griff hatte.

»Man soll die Feste feiern, wie sie fallen, nicht wahr?«, rief sie gegen die laute Musik an.

Dann wirbelte sie Opo im Rhythmus herum. Opo sah aus, als wüsste er noch nicht so richtig, wie er das finden sollte. Paps und Mama kamen ebenfalls auf die Bühne.

»Ich habe keine Ahnung, was das hier sein soll«, lachte Paps. »Aber wisst ihr was? Das ist mir völlig egal. Denn ich werde jetzt mit meiner wunderschönen Frau tanzen. Auch wenn das ganz schlimme Musik ist.« Er nahm Mama in die Arme.

Marlene und ich stellten unsere knisternden Körbe zur Seite

und gesellten uns dazu. Es machte riesigen Spaß, wie irre zu der schlimmen Musik herumzutanzen. Marlenes Zöpfe flogen, und ich hörte Mama fröhlich lachen. Nur Herr und Frau Müller blieben auf ihren Sesseln sitzen. Herr Müller schaute finster zu uns rauf, während Frau Müller fast ein bisschen sehnsüchtig aussah.
Kurzentschlossen sprang ich von der Bühne und verbeugte mich vor ihr. »Darf ich bitten?«
Erschrocken schüttelte Marlenes Mutter den Kopf. Ich zuckte mit den Schultern, kletterte wieder auf die Bühne und tanzte weiter mit Marlene.
Nach einigen Liedern gingen plötzlich das Discolicht und die Musik wieder aus.
»Oh, wie schade«, meinte Tante Uli.
»Ich schmeiße zur Feier des Tages eine Runde Weinbrandbohnen«, rief ich und riss die Folie von meinem Präsentkorb.
»Wo ist denn Luisa?«, hörte ich Frau Müller fragen.
Wir sahen uns um. Luisa war nirgendwo zu sehen.
»Das war ihr hier bestimmt zu doof, und sie ist einfach abgehauen«, sagte Marlene.
»Nicht nur sie«, stellte Opo fest.
Erst da bemerkte ich, dass auch vom grünen Leiter des Instituts, vom Hausmeister im roten Kittel und von der blauen Dame nichts mehr zu sehen war.
»Wo sind die denn alle hin?«, fragte Marlene zopfdrehend. »Und warum haben sie uns einfach hier zurückgelassen?«

»Ich denke, wir sollten ebenfalls gehen«, meinte Paps. »Auch wenn es Spaß gemacht hat, das Ganze ist doch mehr als seltsam.« Dann warf er einen Blick auf die Uhr. »Außerdem ist es schon beinahe Abendbrotzeit.«
»Die Tür ist abgeschlossen!«, rief in dem Moment Herr Müller und rüttelte erfolglos daran herum. Wir waren tatsächlich eingeschlossen.
»Jetzt ist es aber wirklich genug!«, rief Opo und hämmerte gegen die Holzwand der Bühne. »Das ist Freiheitsberaubung.«
»Möchte noch jemand eine Weinbrandbohne?«, fragte Tante Uli.
»Aber ohne Bohne«, brummte Herr Müller.
»Was machen wir denn jetzt?«, rief Frau Müller und klang ein bisschen panisch.
»Wir könnten einfach diesen Fahrstuhl hier nehmen«, sagte Marlene.
Sie stand auf der anderen Seite der Bühne und hielt eine kleine Metalltür in der Rückwand auf.
»Freiheitsberaubung! Von wegen! Tssss«, machte Herr Müller, der eben noch ziemlich ängstlich an der verschlossenen Eingangstür herumgerüttelt hatte.
»Warum bist du eigentlich so biestig, Hermann?«, schimpfte Tante Uli mit vollem Mund. »Iss lieber ein paar Rumrosinen. Das beruhigt die Nerven.«
Ich lief zu Marlene. Der Fahrstuhl, den sie entdeckt hatte,

war ziemlich klein. Ihre Eltern hätten da sicher nicht zu zweit reingepasst. Aber Marlene und ich hatten genug Platz.
»Sollen sich die Erwachsenen doch gegenseitig ärgern, wir können ja schon mal verschwinden«, sagte ich.
»Und was ist mit unseren Geschenkkörben?«, fragte Marlene.
Ich schaute zur Bühne. »Meinen können sich gerne Opo und Tante Uli teilen«, sagte ich.
Die zwei saßen sowieso darum herum, und Opo hatte den Mirabellenlikör entkorkt. »Trinken Sie, meine Verehrteste«, sagte er gerade und hielt Tante Uli die Flasche hin.
»Meinen können sie auch haben«, sagte Marlene, und wir schlüpften in den Fahrstuhl.
Die Tür schloss sich, und Marlene drückte auf E wie Erdgeschoss. Nichts passierte.
»Und nun?«, fragte sie.
Suchend schaute ich mich in der engen Fahrstuhlkabine um. Auf Augenhöhe war eine Schalttafel mit zwei Knöpfen, E wie Erdgeschoss und B wie Bühne, und mit einem Schlüsselloch, in dem ein kleiner silberner Schlüssel steckte. Darunter war ein roter Knopf. Den hielt ich für den Alarmknopf, falls man stecken blieb, was ja bekanntlich schneller passieren kann, als man normalerweise so denkt.
»Wir müssen wahrscheinlich erst den Schlüssel drehen, damit der Fahrstuhl losfährt«, sagte ich.
»Vielleicht sollten wir den roten Knopf drücken«, sagte Marlene.

Wir taten beides gleichzeitig. Im selben Moment sah ich auch den schmalen Streifen Klebeband unter dem roten Knopf. Er klebte über einem Stück Papier. Darauf stand:

NIEMALS DRÜCKEN, AUCH NICHT IM NOTFALL.

Der Fahrstuhl setzte sich in Bewegung.
»Na siehste«, sagte Marlene, griff nach ihrem Zopf und grinste mich an.
Der Fahrstuhl blieb wieder stehen.
»Wir können noch gar nicht unten sein«, sagte ich.
»Nein«, sagte Marlene.
Darum öffnete sich wohl auch die Tür nicht. Zumindest nicht diese. Stattdessen gab es ein knirschendes Geräusch, und dann fuhr plötzlich die Wand mit der Schalttafel beiseite.
»Was soll das denn?«, wunderte sich Marlene.
»Wir hätten den Knopf nicht drücken dürfen«, sagte ich. »Niemals.«

8. Die Tür

Die Seitenwand mit dem Schaltpult war komplett in der Wand verschwunden, und der Fahrstuhl öffnete sich in einen dunklen, fensterlosen Gang. Viel konnte man darin nicht erkennen.
»Was machen wir jetzt?«, fragte Marlene.
»Keine Ahnung«, sagte ich. »An die Knöpfe und den silbernen Schlüssel kommen wir ja blöderweise nicht mehr ran.«
»Vielleicht geht die Seitenwand nach einer Weile von selbst wieder zu«, sagte Marlene.
Wir standen still in der engen Kabine und warteten. Doch außer dass mich hin und wieder Marlenes herumwirbelnder Zopf im Gesicht kitzelte, passierte nichts.
»Seltsam«, murmelte ich und hatte auf einmal großen Appetit auf Rauchmandeln und Käsekräcker.
»Gibt es vielleicht draußen einen Knopf?«, überlegte Marlene.
Wir streckten die Köpfe in die Dunkelheit des Gangs hinaus.
»Sehen kann man nichts«, sagte ich.

Wir zogen unsere Köpfe wieder zurück und verweilten noch einen Moment im engen Fahrstuhl. Schließlich mussten wir uns jedoch eingestehen, dass das sinnlos war. Es passierte nämlich absolut überhaupt nichts.

»Lass uns das Treppenhaus suchen und die Treppe nehmen«, schlug ich vor und wunderte mich etwas, dass es so lange gedauert hatte, bis mir diese großartige Idee gekommen war.

Wir liefen in den fensterlosen Gang hinaus. Einen Lichtschalter entdeckte ich nirgends. Dafür konnte ich im Lichtschein aus dem Fahrstuhl die Worte eines Schildes an der Wand lesen:

FEUERMACHEN IST ABSOLUT VERBOTEN!
LEBENSGEFAHR!

»Am Ende des Gangs ist eine Tür«, sagte Marlene.

Wir liefen darauf zu. Plötzlich gab es einen kurzen Plington.

»Der Fahrstuhl!«, rief ich.

Wir drehten uns um und rannten zurück. Doch bevor wir den Fahrstuhl erreichten, war dessen Seitenwand wieder fest verschlossen. Ich presste mein Ohr dagegen. Ein Summen zeugte davon, dass der Fahrstuhl nach oben fuhr.

»So was Blödes!«, schimpfte ich.

»Vielleicht gibt es hier doch einen Schalter, und wir können den Fahrstuhl stoppen, wenn die anderen damit nach unten fahren«, sagte Marlene.

Ich hörte, dass sie auf der Suche nach so einem Schalter an der

Wand herumwischte. Seitdem die Fahrstuhlseite geschlossen war, standen wir nämlich im Stockdunkeln.
»Hier ist nichts«, sagte Marlene.
»Wir hätten sowieso nicht mehr mit reingepasst«, meinte ich.
»Erst recht nicht, wenn meine Eltern dringestanden hätten«, gluckste Marlene.
»Lass uns die Treppe nehmen«, sagte ich und wandte mich der Finsternis und der Tür am Ende des Gangs zu.
Nach zwei Schritten spürte ich Marlenes Hand in meiner. Ich drückte sie ein bisschen und ließ sie nicht mehr los.
In dem Moment, als mir der Gedanke kam, dass die Tür ja auch abgeschlossen sein könnte, passierten wir eine Lichtschranke. Plötzlich klackerte es, und eine Neonlampe begann zu leuchten. In ihrem kalten Licht starrten wir auf die vermeintliche Tür vor uns.
»Sie ist nur aufgemalt«, flüsterte Marlene.
Genauer gesagt, hatte jemand den verwackelten Umriss einer Tür auf die Betonwand gesprüht.
»Ich habe das Gefühl, dass wir hier von Anfang an und von vorn bis hinten veräppelt werden«, sagte ich.
»Vielleicht ist das ein Experiment?«, überlegte Marlene.
»So kommt es mir auch langsam vor«, sagte ich. »Die haben uns hierhergelockt und eingesperrt und wollen nun testen, wie wir mit scheinbar ausweglosen Situationen umgehen, weil sie eine Elite suchen, die eine anstehende Katastrophe überlebt und das Menschengeschlecht in die Zukunft rettet.«

»So ungefähr habe ich das auch gemeint«, sagte Marlene. »Und was machen wir jetzt?«
»Wir nehmen die Herausforderung natürlich an«, bestimmte ich und grinste. »Etwas anderes bleibt uns auch gar nicht übrig. Sonst würden wir hier nämlich verdursten und verhungern.«
Leider stimmte das tatsächlich. Darum verging mir auch das Grinsen wieder. Wir prüften noch einmal, ob es nicht doch einen Knopf gab, mit dem man den Fahrstuhl rufen konnte. Fehlanzeige. Es gab auch keine weitere Tür. Weder eine echte noch eine gemalte.
»Dann müssen wir eben die hier nehmen, ist doch klar«, sagte Marlene.
»Wie meinst du denn das?«, fragte ich verblüfft. Nach Witzen und Späßchen stand mir nämlich plötzlich überhaupt nicht mehr der Sinn. Dazu war das Ganze zu ausweglos, zu echt und zu ernst.
»Genau so!«, rief Marlene, ließ ihren Zopf los und lief kurzentschlossen auf die gesprühte Tür zu.
»Marlene!«, rief ich. »Du stößt dir die Nase blutig! Oder bekommst eine Gehirnerschütterung!«
Doch Marlene rannte, ohne zu zögern, mit voller Kraft gegen die Wand. Und war plötzlich verschwunden.
»Marlene!«, schrie ich schockiert.
Dann lief ich zur Wand, blieb davor stehen und betastete den kalten Beton. Wie war das möglich? Wo war Marlene?

Da fiel mir etwas ein. Opo hatte einmal von einer seiner Reisen eine Zauberknete mitgebracht. Sie war weich, und man konnte Figuren daraus kneten. Aber wenn man mit einem Hammer auf sie einschlug, dann war sie an der Stelle steinhart. Egal, wie heftig wir mit dem Hammer zuschlugen, es gelang uns nicht, eine Mulde hineinzuklopfen. Vielleicht war diese Wand so etwas ähnliches wie diese Zauberknete. Nur eben anders herum. Vielleicht war sie hart, wenn man sie leicht berührte, und wurde durchlässig, wenn man kraftvoll dagegenlief? Woher hatte Marlene das gewusst?

Ich ging ein Stück den Gang zurück. Dabei überlegte ich, ob ich das Ganze lieber vorher ausprobieren und erst einmal meine Faust gegen die Wand schlagen sollte. Doch diese Vorstellung machte mir seltsamerweise viel mehr Angst. Ich wollte stattdessen wie Marlene mit aller Wucht und ohne vorher abzubremsen dagegenlaufen. Ich atmete tief durch und rannte los. Kurz vor dem Zusammenprall konnte ich mich jedoch nicht mehr beherrschen und schrie aus Leibeskräften meine Angst hinaus. Darum landete ich mit einem wilden Gebrüll auf der anderen Seite.

»Da bist du ja endlich«, sagte Marlene und lächelte mich schief an.

»Woher hast du gewusst, dass die Wand ihren Aggregatzustand ändert, wenn man dagegenläuft?«, fragte ich.

»Das wusste ich gar nicht«, sagte Marlene.

Ich starrte sie verblüfft an. Da erst bemerkte ich, dass ihr gan-

zer Körper zitterte. Ich ging zu ihr und legte meinen Arm um ihre Schulter.
»Das war verdammt mutig«, sagte ich.
»Ja«, flüsterte Marlene. »Dabei bin ich das gar nicht. Mutig, meine ich. Außerdem weiß ich auch gar nicht, was ein Aggregatzustand ist.«
»Ein Stoff kann fest wie Stein, flüssig wie Wasser oder gasförmig wie Luft sein. Das sind die unterschiedlichen Aggregatzustände«, erklärte ich, und Marlene hörte auf zu zittern. »Und aus Stoffen besteht unsere Welt.«
Dann drehten wir uns um und schauten, wo wir hier eigentlich gelandet waren. Ich hätte schwören können, dass wir vorhin mit dem engen Fahrstuhl ein Stück nach unten gefahren waren. Aber nun standen wir draußen, und das konnte nur oben auf dem Dach sein, weil ich keine Seitenbegrenzung sah.
»Komisch«, flüsterte Marlene etwas beklommen. »Das Ballettstudio ist doch ganz oben, und dort gibt es überhaupt keine Terrasse.«
Über uns spannte sich das Himmelsgewölbe. Normalerweise sieht ja der Himmel immer irgendwie flach aus. Aber in dem Moment konnte ich seine Wölbung in die dritte Dimension richtig erkennen. Vielleicht lag das daran, dass wir näher dran waren. Eine leichte Brise streifte mein Gesicht.
»Wonach riecht es hier?«, fragte ich verwirrt.
»Nach Bananenmilch«, sagte Marlene.

Ein Weg aus bräunlichem altem Moos schlängelte sich zwischen mannshohen blühenden Gräsern entlang. Den Rand des Daches konnten wir nicht sehen.
»Das ist ein richtiger Dachgarten«, sagte Marlene.
»Eher ein Schilfpark«, sagte ich.
»Total verrückt«, sagte Marlene. »Wer hätte gedacht, dass über den Dächern unserer Stadt so etwas Schönes liegt.«
Ich hatte ein merkwürdiges Gefühl im Bauch und eigentlich keinen Sinn für die Schönheit dieses Ortes.
»Ahhhhh!«, schrie Marlene da auch noch.
Sie starrte erschrocken über meine Schulter, und ein unkontrollierbares kleines Wimmern drang über meine Lippen. Ich finde es nämlich ganz furchtbar, wenn sich hinter meinem Rücken etwas Schreckliches zuträgt, was ich nicht sofort sehen kann. Bevor ich mich umdrehen konnte, hatte sich Marlene in meine Arme gestürzt.
»Marlene, was ist da hinter mir?«, fragte ich, und es war mir ganz egal, dass meine Stimme verdammt uncool und piepsig klang.
Weil Marlene nicht antwortete, drehte ich vorsichtig meinen Kopf. An der Hauswand, durch die wir eben gegangen waren, hing einer! Und das musste der schon eine ganze Weile lang getan haben, denn sein Körper war ganz schlaff.
»Ein Getrockneter«, krächzte ich mit versagender Stimme.
»Es könnte auch nur die Haut von jemandem sein«, wisperte Marlene und würgte.

»Marlene!«, jammerte ich. Obwohl der eine Gedanke genauso schrecklich war wie der andere.

Plötzlich lachte Marlene hysterisch los. »Mensch, Anton! Sind wir blöd! Da hängt doch gar keiner!«

Ich drehte mich noch einmal um. Tatsächlich.

»Das ist nur ein seltsamer Anzug«, stellte ich fest.

Langsam gingen wir darauf zu. Obwohl nun ganz klar war, dass es sich bei dem schlaffen Ding von widerlich gelber Farbe nicht um irgendetwas Menschliches handelte, hatte ich trotzdem eine ausgewachsene Gänsehaut auf dem Rücken.

»Sieht aus wie eine zweite Haut«, flüsterte Marlene.

»Ein Ganzkörperanzug aus Silikon«, sagte ich.

Eine Weile starrten wir wortlos auf die seltsame an der Wand hängende Silikonhaut.

Auf der Außenseite war keine aufgesprühte Tür, so dass wir den Durchgang nicht erkennen konnten. Aber ich wollte mich sowieso nicht noch einmal durch eine feste Wand drücken müssen und auch nicht in den dunklen Gang zurückkehren, aus dem es sowieso keinen anderen Ausweg gab. Ich wollte einfach von diesem Dach runter und aus dem Gebäude raus. Es war Zeit, nach Hause zu gehen.

»Bestimmt gibt es hier oben irgendwo eine Treppe nach unten«, sagte Marlene. »Wenigstens eine Feuerleiter oder eine Stiege für den Schornsteinfeger.«

Klar, anders konnte es gar nicht sein. Darum betraten wir den Moospfad.

9. Moosbüschel und andere Unwahrscheinlichkeiten

Die Gräser überragten uns meterhoch und raschelten im Bananenmilchwind. Der Weg dazwischen war gerade breit genug, dass wir nebeneinander gehen konnten. Es fühlte sich an, als würde er ein wenig vibrieren oder schwanken, so ähnlich wie eine Hängebrücke, und irgendwohin musste er führen, sonst hätte es ihn ja nicht gegeben.

Doch nach einer kleinen Ewigkeit waren wir noch immer nirgendwo angekommen. Seltsam. Unten auf der Straße war ich schon tausendmal an diesen Häusern vorbeigelaufen, ohne sie richtig zu bemerken. Sie sahen irgendwie alle gleich aus. Es war mir auch immer so vorgekommen, als wäre überall das Gleiche drin: Büros und Arztpraxen in den oberen Etagen und Banken oder Geschäfte, die Möbel, Kamine oder Versicherungen verkauften, im Erdgeschoss. Der Garten hier oben war riesig groß. Er erstreckte sich wohl über die Dächer aller Häuser der Straße, die von einem ins

andere übergingen. Aber wir entdeckten nirgendwo einen weiteren Zugang.
»Das gibt es doch gar nicht«, murmelte Marlene und zwirbelte, während wir durch die hohen Gräsern liefen, die uns die Sicht über die Stadt versperrten.
Hin und wieder trug der Bananenmilchwind Laute an mein Ohr, die wie Seufzer klangen.
»Hörst du dieses komische Wimmern auch?«, fragte Marlene.
»Vielleicht verfängt sich der Wind irgendwo«, überlegte ich. »An irgendeiner Kante oder in einem Regenrohr.«
»Ja, vielleicht«, sagte Marlene. »Es hört sich trotzdem ein bisschen gruselig an.«
Wir liefen weiter.
»Vielleicht sollten wir zurückgehen«, überlegte Marlene.
»Ich würde lieber eine richtige Tür mit einer verlässlichen Treppe finden und nicht noch mal durch die Wand springen müssen«, sagte ich.
Marlene nickte. Dann lächelte sie. »Eine richtige Tür und eine verlässliche Treppe wären gut.«
Wir liefen weiter.
»Wahrscheinlich vermissen uns die anderen schon«, sagte ich nach einer Weile.
Marlene zuckte mit den Schultern, und ich wusste nicht, ob sie das nicht glaubte oder ob es ihr egal war.
»Ich mag deine Eltern«, sagte sie leise.

»Ich zum Glück auch«, sagte ich und prustete los.
Marlene verzog den Mund. Es sah aber nicht wie ein Lächeln aus. Eher so, als hätte sie in eine Zitrone gebissen.
»Mit denen habe ich echt großes Glück, wollte ich sagen.«
»Ich mit meinen nicht so«, sagte Marlene.
Dann atmete sie tief aus. Ich sagte nichts, denn ich hatte den Eindruck, dass sie noch weitersprechen wollte.
»Wir haben nicht viel Geld, und das ist oft echt schwer«, erzählte Marlene leise, während wir einen Schritt vor den anderen setzten. »Weil wir deswegen so viel streiten. Dabei ist mir das doch egal. Ich habe lieber gute Zeiten als viel Geld.«
Ich warf ihr von der Seite einen Blick zu.
»Darum trägst du diese altmodischen Klamotten, stimmt's?«, fragte ich.
»Mama hat sie schon damals für Luisa auf dem Flohmarkt gekauft. Obwohl ja eigentlich alles immer wieder modern werden soll, ist das leider mit meinen Kleidern noch nicht passiert.«
»Du bist eben der Mode voraus und ein wahrer Trendsetter«, sagte ich.
»Na ja«, machte Marlene und drehte ihren Zopf.
»Macht dir das was aus?«, fragte ich.
»Besonders toll ist es nicht. In der Grundschule wurde ich oft gehänselt und ausgelacht.« Marlene seufzte. »Aber eigentlich ist das gar nicht so schlimm.« Sie seufzte noch einmal. »Da gibt es ganz andere Sachen, die schlimm sind«, sagte sie lei-

se. »Mein Vater wird ziemlich oft wütend, weißt du. Er hat zu allen Dingen seine ganz eigene Meinung, und keiner darf ihm widersprechen oder es wagen, eine andere zu haben. Seit einiger Zeit weiß ich aber, dass seine eben nicht immer richtig ist«, erzählte sie im Rhythmus unserer Schritte. »Aber ich sage dann lieber nichts.«

»Zum Glück hast du Tante Uli«, versuchte ich etwas ungeschickt, sie zu trösten. Wie anders es bei uns zu Hause war, wo jeder seine Meinung sagen durfte und die anderen zuhörten, wenn einer sprach.

»Ja, zum Glück. Tante Uli ist wirklich eine Wucht.« Marlene kicherte. »Auch wenn sie Papa oft noch mehr zur Weißglut bringt.«

»Ich glaube, mein Opa findet sie auch ziemlich toll.«

»Das war nicht zu übersehen«, sagte Marlene und zwinkerte mir zu.

»Du kannst zwinkern«, stellte ich fest.

»Klar. Du etwa nicht?«

Ich schüttelte den Kopf. Da zwinkerte sie noch einmal.

»Wir sind schon total lange unterwegs, und es sieht immer gleich aus«, sagte Marlene irgendwann.

»Der Himmel verändert sich auch nicht«, sagte ich. »Als ob die Wolken stillstehen würden. Dabei weht die ganze Zeit dieser Wind.«

»Irgendetwas stimmt hier nicht.«

Das war eigentlich mehr als offensichtlich. Wir hatten es nur nicht früher gemerkt. Vielleicht weil wir beim Laufen geredet und uns damit abgelenkt hatten. Vielleicht weil wir einfach nur eine Treppe nach unten finden wollten. Oder weil wir es nicht merken wollten.

»Das stimmt«, sagte ich. »Irgendetwas stimmt hier nicht.«

Und falls wir darüber noch einen winzigen Zweifel gehabt haben sollten, war der in dem Moment ausgeräumt, als sich der Pfad einfach vom Acker machte.

»Der Weg haut ab«, flüsterte Marlene erschüttert.

Plötzlich bewegten sich nämlich die bräunlichen Büschel, die ich für trockenes Moos gehalten hatte und auf denen wir die ganze Zeit gelaufen waren. Sie hoben sich ein Stückchen nach oben, als hätten sie sich auf vier niedrige Beinchen gestellt, rüttelten und schüttelten sich und stoben in alle Richtungen davon.

»Was sind denn das für welche?«, rief Marlene. »Ich dachte, das wären Moosbüschel. Dabei sind wir die ganze Zeit auf kleinen Tieren gelaufen!«

»Ich fasse es nicht«, murmelte ich und schüttelte den Kopf hin und her, als würde dieses Schütteln irgendeinen logischen Gedanken freilegen.

Der Pfad war nun schwarz und krümelig. Ich beugte mich nieder und nahm vorsichtig eine Handvoll davon auf. Die hielt ich mir unter die Nase.

»Erde«, sagte ich.

»Die haben hier geschlafen«, flüsterte Marlene noch immer

ganz bestürzt. »Und wir sind einfach über sie drübergelatscht. Obwohl sie die ganze Zeit stöhnten und wimmerten.«
»Es war doch keine Absicht«, tröstete ich Marlene und natürlich auch mich. »Mit so etwas Seltsamem hätten wir doch nicht rechnen können.«
Ich wollte mich gerade wieder aufrichten, als ich einen zurückgebliebenen Puschel entdeckte. Langsam kroch ich näher heran. Dann warf ich mich schnell über ihn. Aber das kleine Tier machte sowieso keine Anstalten zu fliehen. Das konnte es auch gar nicht.
»Ist es tot?«, fragte Marlene den Tränen nahe.
»Nein«, sagte ich. »Es ist nicht tot. Weil es gar kein Tier ist. Marlene, das ist ein ganz normales trockenes Moosbüschel!«
»Quatsch!«, rief Marlene. »Moosbüschel können doch nicht einfach abhauen.«
»Nein. Das können sie eigentlich nicht«, sagte ich und gab Marlene das trockene Büschel.
»Vielleicht sind das Tiere, die nur so aussehen wie trockenes Moos«, sagte sie und legte das Büschel vorsichtig auf den Boden zurück.
»So wie diese Gespenstschrecken, die aussehen wie Blätter«, murmelte ich.
»Ja«, sagte Marlene.
Im selben Moment erhob sich das letzte Moosbüschel, rüttelte und schüttelte sich und lief zwischen den hohen Gräsern davon.

»Es hat wirklich ausgesehen wie Moos«, flüsterte Marlene, »und es hat sich auch so angefühlt.«

Total durcheinander setzten wir uns auf einen großen Stein, der zwischen den Gräsern lag.

»Es ist eben der Garten des Instituts der Zukunft«, suchte ich nach einer Erklärung. »Wer weiß, welche noch unbekannten Erfindungen und Entwicklungen die hier testen.«

»Laufendes Moos? Wer erfindet denn so etwas, und vor allem, wozu?«, fragte Marlene.

»Ich habe keine Ahnung«, sagte ich. »Aber es gibt ja auch Dinge wie Zungenbürsten, Eierschalensollbruchstellenverursacher und Suppenlöffelpropeller.«

»Suppenlöffelpropeller? Um heiße Suppe auf dem Löffel abzukühlen?«, fragte Marlene.

»Eigentlich sollte der kleine Propeller den ekligen Suppengeruch wegpusten. Der Erfinder mochte nämlich keine Suppe, wollte aber nicht unhöflich sein, wenn er eingeladen wurde, und aß sie trotzdem. Es hat sich aber niemand sonst für seine Erfindung interessiert.«

Marlene lachte. »Was du alles weißt.«

»Na ja«, sagte ich und zuckte mit den Schultern.

Da spürte ich eine merkwürdige Bewegung unter mir.

»Anton!«, schrie Marlene und sprang panisch auf. »Der Stein! Er bewegt sich!«

Entsetzt fuhr ich in die Höhe. Wir starrten auf den großen grauen Stein. Der sah im ersten Moment ganz normal aus.

Aber nach einigen Sekunden konnten wir ganz deutlich sehen, dass er sich in einem langsamen Rhythmus aufblähte und wieder zusammenfiel.

»Marlene, der Stein atmet«, krächzte ich.

Mein ganzer Körper kribbelte, und meine Haut fühlte sich an, als wäre sie mit langen unsichtbaren Fühlhaaren bewachsen, die vor Aufregung zitterten. Mir wurde übel vor Anspannung und vor Grausen.

»Das ist eklig«, flüsterte Marlene.

»Lass uns lieber doch zurückgehen«, sagte ich heiser. »Wir sind durch den dunklen Gang auf das Dach gekommen, wir müssen dort auch irgendwie wieder runterkommen.« Marlene nickte beklommen.

So rasch wir konnten, liefen wir den Weg zurück durch die krümlige Erde, die wenigstens nicht mehr vibrierte und auch nicht lebendig zu sein schien.

Die Sonne stand unverändert über uns und sandte ihre Strahlen an den kleinen Wolken vorbei. Die kleinen Wolken standen ebenfalls unverändert am blauen Himmel. Es war zum Verrücktwerden. Laufendes Moos und atmende Steine waren zwar in meinen Augen nicht sinnvoll, aber es ist bestimmt möglich, so etwas künstlich herzustellen. Vielleicht gibt es sogar welche, die sich solch seltsamen Firlefanz für ihren Vorgarten kaufen würden. Doch wer konnte die Wolken anhalten?

»Womöglich sind wir gar nicht draußen«, murmelte ich.

Marlene schaute mich überrascht an und zwirbelte ihren

Zopf. »Wie meinst du denn das? Wir sind doch hier unter freiem Himmel, und es weht ein Wind.«

Der nach Bananenmilch riecht, dachte ich.

»Das war nur so ein Gedanke«, sagte ich stattdessen. Ich wollte Marlene auf keinen Fall noch mehr verängstigen.

Wir mussten so schnell wie möglich einen Weg hier rausfinden, und Panik macht einen langsamer. Blöderweise fühlte ich sie langsam in mir aufsteigen. Schweigend trotteten wir zwischen den Gräsern nebeneinander her. Ich fühlte mich von den riesigen grünen Halmen total beengt, als hätte ich Platzangst, die ich eigentlich gar nicht habe. Es machte mich kirre, dass ich keine Übersicht hatte und nicht sehen konnte, welche seltsamen Dinge uns hier eventuell noch so umgaben.

»Lass uns noch etwas schneller gehen«, sagte ich.

In dem Moment krachte ein unglaublicher Donner vom Himmel.

»Es gibt ein Gewitter! Genau über uns«, schrie Marlene und hielt sich die Ohren zu.

Ich schaute nach oben. Die kleinen weißen Wattewolken hingen am Firmament wie vorhin auch. Keine dunkle Wolke oder sonst eine Veränderung war zu entdecken. Wo kam denn dieser superlaute Donner her?

»Merkwürdig«, sagte ich.

Da fuhr mir aus dem Nichts ein greller Blitz in die Augen. Er kam so unvermittelt, dass ich keine Zeit hatte, meine Augen vorher zu schließen oder den Kopf abzuwenden.

»Hilfe, ich bin blind!«, schrie ich voller Panik und presste die Hände vor mein Gesicht.

Marlene packte mich an den Schultern. »Los, Anton, kriech unter die Gräser! Die schützen uns ein bisschen«, rief sie.

Dann kauerten wir zusammengedrängt nebeneinander am Boden. Ich spürte, dass noch weitere Blitze um uns herum einschlugen. Die Luft knisterte. Sie roch zwar noch immer nach Bananenmilch, aber nun war sie angebrannt.

»Ich kann meine Augen nicht aufmachen«, flüsterte ich und spürte Tränen meine Wangen hinunterlaufen.

»Warte einen Moment, bestimmt kannst du gleich wieder etwas sehen«, sagte Marlene und streichelte mir tröstend über den Kopf.

»Hoffentlich«, murmelte ich. »Diese zwei schwarzen Flecken in den feuerroten Kreisen werden nämlich langsam langweilig.«

Marlene kicherte. »Ich mag deine Witzchen.«

Es dauerte ewig, bis der letzte Blitz knisternd durch die Gräser gefahren war, und es wurde immer ungemütlicher unter den Gräsern. Doch schließlich hörte es auf zu blitzen und zu donnern. Meine Augen konnte ich längst wieder öffnen.

»Ich glaube, jetzt können wir weitergehen«, sagte ich.

In dem Moment begann es, dicke Tropfen zu regnen. Also blieben wir unter den Gräsern hocken und rutschten noch etwas enger aneinander.

»Weißt du, was seltsam war?«, fragte Marlene durch das Strömen des Regens.
Ich hätte ihr eine ganze Menge dazu sagen können, denn auf diesem Dachgarten fand ich nur sehr wenig normal. Aber ich wusste, was sie meinte. »Der Donner kam vor dem Blitz«, sagte ich.
»Genau«, murmelte Marlene. »Wir haben Gewitter im letzten Jahr in Sachkunde durchgenommen. Der Schall ist viel langsamer als das Licht. Darum kann man einen Blitz immer erst sehen, bevor man den Donner hört. Vorhin war es aber andersherum.«
»Vielleicht haben wir den ersten Blitz irgendwie verpasst«, sagte ich.
»Vielleicht«, sagte Marlene.
Ich schaute durch die Gräser nach oben. Jetzt hing der Himmel tatsächlich grau und drohend über uns. Er hatte sich in kürzester Zeit komplett verändert.
»Das hat bestimmt etwas mit dem Klimawandel zu tun«, sagte Marlene.
»Meinst du?«, fragte ich skeptisch. »Vielleicht ist der Klimawandel dann ja auch der Grund, warum wir nicht nass werden.«
Das war mir herausgerutscht, bevor ich so richtig kapierte, dass wir tatsächlich nicht nass wurden.
»Du hast also auch das komische Gefühl, dass der Regen trocken ist?«, flüsterte Marlene mit bebender Stimme. »Ich hatte gehofft, ich würde mir das nur einbilden.«

Sie griff ihren Zopf und propellerte ihn um die Finger. Ich konnte sehen, dass die Regentropfen davonflogen, wenn sie davon getroffen wurden. Marlenes Haare sahen ansonsten aber aus wie immer: etwas zerzaust, der linke Zopf viel länger als der rechte und absolut trocken.

»Anton, ich habe Angst«, flüsterte Marlene.

Ich auch, dachte, sagte ich aber nicht.

Ich legte meinen Arm um ihre Schulter. Marlene formte mit ihrer linken Hand eine Mulde und fing damit die dicken Tropfen auf. Die kullerten wie Perlen auf ihrer Handinnenfläche herum, bevor Marlene sie auf den Boden fallen ließ.

»Das ist doch kein richtiger Regen«, flüsterte sie erschüttert.

Wir schauten uns an.

»Verschwinden wir hier«, sagte ich. »Los!«

Wir sprangen auf, bereit, so schnell, wie wir konnten, durch den strömenden Nichtregen zurückzurennen. Doch das ging leider nicht mehr.

»Marlene, der falsche Regen hat den Weg weggeschwemmt«, stellte ich entsetzt fest. »Man kann überhaupt nicht mehr erkennen, wo wir herkamen oder wo wir hinmüssen.«

10. Die Lichtung

Wir liefen erst ein Stück in die eine, dann in eine andere und schließlich in die dritte Richtung. Das Ganze war völlig hoffnungslos. Der seltsame Regen verwischte unsere Fußspuren, sobald wir sie gesetzt hatten. Irgendwann waren wir endgültig verloren.

»Das ist hier wie in einem riesigen Maislabyrinth, aber ohne Weg«, murmelte ich.

»Anton? Was machen wir nun?«, fragte Marlene.

»Eine gute Frage«, antwortete ich ziemlich ratlos. »Ich glaube, dieses Hin-und-her-Laufen bringt nichts, oder?«

Obwohl uns der Regen nicht durchnässte, fröstelte ich.

»Mir ist kalt«, sagte Marlene.

Ich sah, dass sie in ihrem dünnen Sommerkleid zitterte und schon ganz blaue Lippen hatte. Ich gab ihr meinen Kapuzenpullover, den Mama mir heute aufgenötigt hatte, obwohl draußen die Sonne schien. Jetzt war ich froh darüber.

»Und du?«, fragte Marlene.
»Geht schon. Mir ist nicht kalt«, log ich.
»Danke«, sagte Marlene und kuschelte sich in meine Kapuze.
»Wir wechseln jetzt auf keinen Fall mehr die Richtung, sondern gehen nur noch geradeaus«, sagte ich.
Es fühlte sich an, als irrten wir seit Stunden durch die Gräser. Ich hatte jegliches Zeitgefühl verloren, und es machte mich total unruhig, dass ich mich nicht orientieren konnte. Obwohl der trockene Regen zum Glück bald wieder aufhörte, wurde mir kälter und kälter. Außerdem machte sich so langsam, aber sicher eine ziemliche Erschöpfung in mir breit.
»Ich kann nicht mehr«, stöhnte Marlene. »Was meinst du, wie lange wir hier schon herumlaufen?«
»Eine unendliche Ewigkeit«, knurrte ich.
»Das ist doppelt gemoppelt und darum wirklich furchtbar lang«, sagte Marlene und versuchte, mich mit einem schiefen Grinsen etwas aufzuheitern. Das klappte aber nicht mehr.
»Wenn wir wenigstens ein Telefon hätten, könnten wir unsere Eltern anrufen«, sagte ich.
»Die sind bestimmt schon alle lange zu Hause und machen sich riesige Sorgen«, flüsterte Marlene.
Seltsam, dass uns niemand sucht, dachte ich. Denn Marlene hatte recht, die anderen mussten sich doch wenigstens darüber wundern, wo wir so lange blieben.
»Wenn es jetzt auch noch dunkel wird, dann …«, begann Marlene und zog schniefend die Nase hoch. Sie beendete

aber ihren Satz nicht, sondern schaute mich aus großen Augen an.
»Quatsch, wir müssen doch nicht über Nacht hier oben bleiben!«, sagte ich heftig. »Wir sind mitten in unserer Stadt auf einem Dach und nicht irgendwo im Dschungel. Wir finden auf alle Fälle bald einen Ausgang.«
»Und wenn nicht?«, fragte Marlene leise. »Wenn das Graslabyrinth immer weitergeht und nie zu Ende ist?«
»Das ist ganz unmöglich«, sagte ich mit fester Stimme.
Dann kramte ich in meiner Hosentasche herum. Darin fand sich eine kleine Sammlung wichtiger Dinge: ein Stück Draht, ein Gummi, ein kleines Taschenmesser, ein Zweieurostück, ein Feuerzeug, mein Hausschlüssel und seit neuestem eine leicht schrumpelige Kartoffel. Ich drehte das Rädchen des Feuerzeugs, und die Flamme erschien.
»Alles klar«, sagte ich. »Falls wir keinen Ausgang finden, steht zumindest einem kleinen Feuerchen zum Aufwärmen nichts im Weg.«
»Mhm«, machte Marlene und blickte sich unschlüssig um. »In dem dunklen Gang stand, dass Feuermachen verboten ist.«
»Und im Fahrstuhl stand, dass man niemals den roten Knopf drücken darf«, murmelte ich.
Marlene schaute mich an. »Es wäre bestimmt auch besser gewesen, wenn wir das nicht gemacht hätten«, sagte sie.
»Solche Gedanken bringen jetzt sowieso nichts mehr«, sagte ich bestimmt.

Ich nahm Marlenes Hand und zog sie rasch mit mir.
»Wir werden nicht einfach so vom Dach fallen, oder? Da gibt es doch sicher ein Geländer bevor es plötzlich irgendwo runtergeht?«, fragte sie nach einigen Schritten.
»Obwohl wir in dem Fall natürlich dem Ganzen hier entkommen würden«, sagte ich.
»Bloß dass wir dann tot wären und nicht so richtig viel davon hätten«, murmelte Marlene.
Ich grinste. Plötzlich ging das wieder. Und Marlene lächelte mich an.
Dann gaben die Gräser endlich den Blick frei. Leider nicht auf die Wand, durch die wir gekommen waren.
»Das glaube ich jetzt aber wirklich nicht!«, rief Marlene.
Vor uns öffnete sich eine Lichtung. Sie war mit den trockenen Moosbüscheln bedeckt, die wir schon kannten. Aber das war es nicht, was Marlene zu ihrem Ausruf gebracht hatte, sondern das Flugzeug. Auf der Lichtung, das Cockpit in den Gräsern verborgen, stand ein etwa fünfzehn Meter langer Flieger. Ungläubig starrte ich auf die kleine Maschine mit der spitzen Schnauze und den fünf Bullaugen. Woher ich wusste, dass es eine Beechcraft King Air 200 war, weiß ich nicht. Manchmal finde ich in meinem Gehirn solche total unwichtigen Informationen.
»Vielleicht gibt es dadrin ein Telefon«, sagte ich. »Zumindest können wir uns dort etwas ausruhen.«
»Oder damit wegfliegen«, meinte Marlene sehnsüchtig.

»Stimmt, das wäre noch besser.« Ich grinste sie an.

Aber Marlene lächelte nicht zurück. »Wir kommen da nur nicht hin. Denn ich werde auf gar keinen Fall wieder über diese Moostierchen laufen.«

»Aber vielleicht sind sie genau dafür gemacht.«

»Dass man auf ihnen herumtrampelt?«, rief Marlene empört. »Siehst du hier noch irgendwen, der einfach über sie drüberläuft?«

»Dieser Dachgarten scheint sowieso nicht besonders beliebt zu sein«, sagte ich. Darüber hatte ich vorhin schon nachgedacht. Das war doch ein total irrer Ort! Wieso war hier niemand außer uns?

Auf einmal kribbelten meine Füße, mein Herz machte einen Extrahüpfer, und es traf mich wie vorhin der Blitz: Dieses Dach war tatsächlich total abgefahren und ganz phantastisch! Kälte und Müdigkeit waren wie weggeblasen, und aufgeregt griff ich nach Marlenes Hand.

»Marlene«, sagte ich ein wenig atemlos. »Marlene, das hier ist wirklich der absolut spannendste Ort, den ich kenne. Bitte, lass uns noch etwas hierbleiben. Bitte, lass uns dieses Flugzeug erkunden.« Ich versuchte sogar, ihr zuzuzwinkern.

Aber Marlene schüttelte den Kopf, und hinter ihren Brillengläsern glitzerte es verräterisch. Fand sie es hier oben tatsächlich so schlimm, dass sie sogar weinen musste? Das wollte ich nicht. Aber andererseits war mir gerade klargeworden, dass es auf diesem seltsamen Dach bestimmt eine Menge cooler

Dinge zu entdecken gab, und wer weiß, ob wir jemals wieder hier herauffinden würden. Der Zugang war ja nicht ganz so einfach gewesen.

»Ich möchte wirklich gerne nach Hause«, sagte Marlene leise.

»Aber findest du es hier nicht auch aufregend? Wenigstens ein kleines bisschen? Mensch, Marlene, so was sieht man doch nicht alle Tage, oder?« Ich deutete zum Flugzeug hinüber. »Guck mal, die Treppe ist heruntergelassen. Wir könnten einfach mal hineinschauen.«

Ich war selbst ziemlich durcheinander, weil ich es plötzlich gar nicht mehr so eilig hatte wegzukommen. Hatte etwa der Anblick des Flugzeugs meine Meinung geändert? Es wirkte hier oben zwischen den unglaublichen Dingen irgendwie beruhigend, wie eine kleine Insel in wilden Wellen, ein Unterschlupf und Geheimversteck. Ein vergessenes Flugzeug konnte ja durchaus mitten in der Stadt auf einem Dach stehen. Auch wenn ich mir nicht erklären konnte, wie es da hingekommen war. Dennoch war es auch aufregend. Ein richtiges Flugzeug! Ich hatte das Gefühl, nach einem kleinen Päuschen wäre ich bereit für die weiteren Abenteuer, die dieser unglaubliche Dachgarten des Instituts der Zukunft vielleicht noch so zu bieten hatte.

Marlene holte tief Luft. Ich konnte sehen, dass sie mit sich rang, dass sie einerseits Angst hatte und schnell von diesem Dach herunter wollte, dass sie mir aber andererseits die Freude nicht verderben wollte.

»Wir kommen da nicht hin«, sagte sie dann und zeigte auf die Moosbüschel.
»Wir könnten versuchen, sie zu vertreiben«, schlug ich vor. Irgendetwas hatte sie ja vorhin auch in die Flucht geschlagen.
»Womit denn?«, fragte Marlene.
»Wir könnten sie anschreien und laut herumbrüllen«, sagte ich.
»Mhm«, machte Marlene und propellerte ihren Zopf. »Ich könnte ein Lied singen. Luisa sagt nämlich immer, wenn ich singe, wollen alle nur noch davonlaufen.«
Wir probierten es aus. Erst schrien und brüllten wir das Moos an. Dann sang Marlene ein Lied. Ich muss zugeben, es klang wirklich nicht besonders melodisch. Darum sang ich einfach mit. Das hörte sich nämlich auch nicht viel besser an. Wir sangen fünfmal die erste Strophe von *Fuchs, du hast die Gans gestohlen*. Doch schließlich wurde uns das zu langweilig.
»Hat das Lied denn nicht noch eine zweite Strophe?«, fragte Marlene.
»Bestimmt, aber die kenne ich nicht«, sagte ich.
»Ich auch nicht«, meinte Marlene. »Allerdings hilft das Singen ja auch gar nicht. Kein einziger Moospuschel ist abgehauen.«
Sehnsüchtig schaute ich zum Flugzeug hinüber.
»Wir könnten kriechen und die Büschel vor uns zur Seite legen«, schlug ich vor.
»Das ist eine gute Idee«, sagte Marlene leise.

Ich schaute sie an. Sie lächelte. Nicht sehr breit und mit etwas zittrigen Lippen, aber sie lächelte.

»Danke«, sagte ich.

Marlene nickte. »Aber nicht so lange, okay? Wir gucken uns nur mal das Flugzeug an.«

Auf allen vieren griffen wir nach den Büscheln vor uns und legten sie zur Seite. Dann krochen wir in die entstandene Lücke und nahmen die nächsten hoch. Die Moostierchen jammerten und wimmerten. Nachdem wir an ihrer Liegestelle vorbeigekrochen waren, rannten sie ratzfatz dorthin zurück und legten sich wieder hin.

»Die Armen«, sagte Marlene. »Vielleicht hatten sie es sich gerade zur Nacht gemütlich gemacht.«

Vielleicht müssen wir das auch gleich tun, dachte ich, ohne das zu wollen.

Endlich erreichten wir den Flieger und erklommen die Metalltreppe.

Leider war die Flugzeugtür verschlossen. Ich drückte mehrfach den Hebel nach unten, doch er blockierte, und die Tür ging nicht auf.

»So was Blödes!«, ärgerte ich mich und trat dagegen. Aber das gab nur ein metallenes Geräusch und sonst nichts.

Vor lauter Enttäuschung verpuffte meine Abenteuerlust. Plötzlich fühlte ich mich wieder total kaputt und begann, vor Kälte zu zittern. Ich ließ mich auf die unterste Stufe sinken und schaute bekümmert über den geschlossenen Teppich aus

Moostierchen vor mir. Dann ließ ich meinen Blick daran vorbeischweifen. Neben dem Flugzeug ragten große Felsen aus der Erde, zwischen ihnen entdeckte ich einige Holzscheite und kleinere Äste. Marlene setzte sich neben mich.
»Und nun?«, fragte sie leise.
»Wäre es okay, wenn wir erst mal ein Feuer machen würden, um uns etwas aufzuwärmen?«
Ich hörte Marlene trocken schlucken. »Okay«, sagte sie leise.
Wir sammelten gemeinsam das Holz auf. Dabei vermieden wir es, die Steine zu berühren oder ihrem Atmen nachzuspüren. Vor der Flugzeugtreppe schichteten wir einen kleinen Stapel. Ich holte mein Feuerzeug aus der Hosentasche.
Da legte mir Marlene die Hand auf den Arm. Mit der anderen ließ sie ihren Zopf propellern. »Warte«, sagte sie. »Meinst du, das ist ganz normales Holz? Stell dir vor, du zündest es an und es fängt an zu schreien.«
»Marlene, so etwas will ich mir aber gar nicht vorstellen.«
»Mhm«, machte Marlene, und ich stellte es mir doch vor.
Dann zündete ich den Stapel trotzdem an. Die Flamme krabbelte mühsam von meinem Feuerzeug auf einen der Äste. Das Holz schrie nicht.
»Das scheint ganz normales Holz zu sein«, sagte ich erleichtert.
»Danke.«
»Keine Ursache«, sagte ich. »Gelernt ist gelernt. Mein Opa hat mir gezeigt, wie man ein Lagerfeuer anzündet.«

»Das war ich nicht«, wisperte Marlene.
Erstaunt drehte ich mich zu ihr um. Marlene stand hinter mir und war weiß wie eine Wand.
»Ich habe eben nicht Danke gesagt«, flüsterte sie heiser. »Das war jemand anderes.«
»Willst du mich veräppeln?«, fragte ich und lachte etwas unsicher auf. »Hier ist doch gar keiner. Sonst hätte der uns vorhin sicher applaudiert, als wir so schön gesungen haben.«
»Anton, bitte! Lass uns abhauen«, flehte Marlene. »Das ist so gruselig. Wir finden ganz bestimmt eine Tür oder eine Treppe, wir müssen hier oben nicht übernachten.«
Ich wollte gerade zustimmen, als jemand das Licht ausmachte.

11. Das Flugzeug

Wir standen in völliger Dunkelheit. Im selben Moment wie das Licht am Himmel war auch die kleine Flamme auf dem Ast wieder erloschen. Links von uns hörte ich die Moose im Schlaf wispern, und rechts atmeten die Steine tief ein und aus. Neben mir begann Marlene zu weinen. Sie wollte nicht, dass ich das merkte, aber ich legte meinen Arm um sie und spürte ihr stummes Schluchzen.

»Marlene, es wird alles gut«, sagte ich.

»Das weiß ich doch, Anton. Trotzdem«, antwortete sie ganz leise.

Natürlich war nun klar, dass wir auf keinen Fall draußen sein konnten. Nicht einmal am Äquator, wo es keine Dämmerung gibt, verschwindet das Tageslicht so abrupt, als hätte jemand auf einen Schalter gedrückt. Wir mussten irgendwo drin sein, auch wenn dieses Drinnen enorme Ausmaße hatte. Schade, dass niemand eine Heizung anstellte.

»Mir ist so kalt«, flüsterte Marlene bibbernd.
Ich lauschte. Der Bananenmilchwind hatte sich gelegt oder war ausgeschaltet worden. Das Dunkel kauerte still über der Lichtung. Bis das Licht wieder anging, konnten wir hier auf keinen Fall weg.
»Wir müssen doch hier übernachten, stimmt's?«, fragte Marlene. »Klar stimmt das. Was für eine überflüssige Frage.« Sie seufzte traurig.
»Marlene, wir tun einfach so, als wären wir auf einem Abenteuertrip, okay?«, sagte ich. »Wir erkunden eine fremde Welt, natürlich im Namen aller Wissenschaftler dieser Erde. Der erste Tag ist ganz gut verlaufen, wir haben viele unglaubliche Dinge entdeckt, die wir noch mit unserem Spezialgerät auswerten müssen. Nun ist die Nacht angebrochen …«
»… und das superduper Expeditionsteam hat blöderweise die gesamte Ausrüstung mit Lebensmitteln, Wasser, Zelten und Schlafsäcken am Raumfährenflughafen vergessen«, murmelte Marlene.
Ich musste lachen.
»Du bist echt klasse«, sagte ich.
»Du auch«, flüsterte Marlene.
»Vielleicht sollten wir doch noch mal probieren, ob die Tür des Flugzeugs aufgeht«, meinte ich dann.
»Das ist eine gute Idee«, sagte Marlene.
Ich tastete mich im Dunkeln hinter Marlene noch einmal die Metalltreppe zur Flugzeugtür empor.

»Die Tür ist offen!«, rief Marlene.

»Vielleicht hat mein Tritt sie vorhin irgendwie entriegelt«, sagte ich voller Freude.

Doch plötzlich packte mich eine Gänsehaut. Weil ich wie verrückt fror, war es schon die zweite. Doppelte Gänsehaut aus Kälte und Angst.

»Sei vorsichtig, Marlene«, raunte ich und hielt sie am Arm fest. »Wer weiß, wer oder was da drin ist.«

»Kannst du vorgehen?«, wisperte Marlene.

»Klar«, sagte ich und schluckte die letzte Spucke aus meinem Mund hinunter.

Im Flugzeug roch es ziemlich muffig, und es war noch dunkler als draußen. Obwohl das gar nicht möglich war, denn draußen war es ja bereits stockdunkel.

»Als hätte sich das Licht bis auf das allerletzte Photon selbst gefressen«, raunte ich.

»Was ist ein Photon?«, wisperte Marlene hinter mir.

»Ein Lichtteilchen«, flüsterte ich.

»So etwas könnten wir jetzt gut gebrauchen«, sagte Marlene.

Ich spürte etwas Weiches unter meinen Schuhsohlen. »Hier scheint ein Teppich zu liegen«, flüsterte ich.

»Mensch, Anton, wir haben doch ein Lichtteilchen. Dein Feuerzeug!«, rief Marlene laut in das kleine Flugzeug.

Gruseligerweise bekam sie eine Antwort. Ein fürchterliches Knarzen und Heulen kam uns aus dem gegenüberliegenden Ende entgegen.

»Hilfe!«, schrien wir auf, und ich erstarrte zu Eis.
Dann war alles wieder still. Ich spürte Marlene hinter mir zittern. Als ich mich selbst etwas beruhigt hatte, versuchte ich, nach vorne zu lauschen. Wer oder was lauerte dort vor uns in der Dunkelheit? War da ein Atmen, ein Hecheln oder gar ein fieses Knurren? Blöderweise rauschte das Blut dermaßen in meinen Ohren, dass ich nichts anderes hören konnte. Bis Marlene meine Hand nahm und ich ihre Haare in meinem Nacken kitzeln spürte.
»Sollen wir schnell verschwinden, oder machst du das Feuerzeug an?«, flüsterte sie.
Die Flamme zischte auf und beleuchtete etwas das Innere des Flugzeugs. Richtig viel erkennen konnten wir aber trotzdem nicht.
»Drück mal auf den Lichtschalter«, sagte Marlene.
»Was?«
»Neben dir ist ein Lichtschalter. Drück da mal drauf«, flüsterte Marlene.
Und dann ging das Licht an, und wir befanden uns in einem sehr, sehr kleinen orientalischen Palast. Wir schauten uns staunend um. Vor uns stand ein gemütliches Himmelbett mit lilagoldenen Vorhängen und großen weichen Kissen. Auch die Wände waren lilagold verhangen, und der Teppich unter unseren Schuhen war nicht nur flauschig, sondern auch prächtig. Nirgendwo hockte ein Monster oder etwas in der Art.
»Wo sind wir denn hier gelandet?«, rief Marlene.

Plötzlich kam hinter einem der Wandvorhänge wieder das furchtbare Geräusch von eben hervor. Im Hellen klang es jedoch nicht wie ein gefährliches Monster, sondern eher wie ein Radio mit gestörtem Sender. Wir liefen darauf zu und hoben den Vorhang an. Dahinter entdeckten wir einen Lautsprecher. Er knackte und knarzte und rauschte. Irgendetwas Sinnvolles verstehen konnte man nicht.

»Da versucht jemand, Kontakt zu uns aufzunehmen«, sagte ich.

»Hallo? Hallo, Sie da? Können Sie uns hören? Wir sind im Flugzeug«, rief Marlene in den rauschenden Lautsprecher.

»Marlene, ich glaube nicht, dass die dich hören können«, sagte ich. »Das ist ein Lautsprecher, kein Mikrophon.«

Marlene zwirbelte ihren Zopf. »Mhm«, machte sie. »Blöd. Aber wenigstens wissen sie, dass wir hier sind, oder?«

»Klar«, sagte ich. »Bestimmt kommen diese seltsamen Institutsleute bald her und holen uns hier raus.«

Der krächzende Lautsprecher verstummte wieder.

»Ich frage mich wirklich, wo wir hier überhaupt sind«, sagte Marlene.

»Auf alle Fälle irgendwo drinnen, und damit meine ich nicht das Flugzeug«, sagte ich.

»Aber das geht doch gar nicht«, sagte Marlene heftig. »Wir sind stundenlang umhergeirrt und kamen an kein Ende. Und dann dieser komische Himmel mit den Wolken und dieser ewige Wind. Es fühlte sich doch genauso an wie draußen.«

»Bananenmilchwind fühlt sich an wie draußen?«
»Na ja«, sagte Marlene. »In Panama soll es auch nach Bananen riechen.«
»Wir könnten in einem Diorama sein«, überlegte ich.
»In einem was?«, fragte Marlene.
»In so einem Kasten wie die im Museum für Naturkunde, in denen die ausgestopften Tiere ausgestellt sind«, erklärte ich.
»Mhm«, machte Marlene und zwirbelte. »Das müsste aber ein unglaublich großer Kasten sein.« Dann schaute sie mich plötzlich erschrocken an. »Meinst du, wir werden beobachtet?«, flüsterte sie, und ihr Zopf propellerte schneller. »Wie in einem Museum oder in einem Zoo?«
»Eher wie in einem Labor«, murmelte ich. »Da bin ich mir sogar ziemlich sicher.«
»Das wäre ja furchtbar«, wisperte Marlene.
»Ja. Das wäre es«, raunte ich und schaute mich noch einmal genauer im Flugzeug um. Irgendwo musste hier auch eine Kamera sein. Sonst hätten die Leute vom Institut nicht gewusst, dass wir hier waren. »Wie zwei Laborratten.«
»O Anton, wie kannst du nur so was sagen?«, rief Marlene.
»Entschuldige bitte«, sagte ich.
»Wir könnten uns, bis die endlich hier sind, in dieses Bett legen«, sagte Marlene und schaute sehnsüchtig auf die weichen Kissen.
Ich kann mich nicht einmal daran erinnern, mir die Schuhe ausgezogen zu haben. Wir waren sofort eingeschlafen.

Mitten in der Nacht musste ich mal auf die Toilette. Zum Glück fand ich eine hinter einer kleinen Tür. Ich setzte mich schlaftrunken auf die Schüssel. Daneben lag eine Packung Feuchttücher. Die wirkten hier so normal und wie zu Hause, dass ich vor Heimweh beinahe angefangen hätte zu weinen.
Ich erledigte, was ich zu erledigen hatte, und schleppte mich wieder durch die orientalische Pracht aus Teppichen und Vorhängen zum Himmelbett zurück. Gerade als ich mich wieder hinlegte, begann der Lautsprecher wieder zu knacken. Sie versuchten also noch immer, Kontakt zu uns herzustellen. Wieso kamen sie nicht einfach her und holten uns ab? Ich verstand das nicht, war aber zu müde, um mir weiter Gedanken darüber zu machen.
»krrrrrrrr … parallel … graaaaaa … krrrrr … Kante … über die Kante … krrrrrr … schschschsch … springen … krrrrr …«

Am nächsten Morgen, falls es denn ein Morgen war, erwachte ich und schaute aus dem Bullauge neben dem Himmelbett. Die Sonne schien. Oder draußen brannte Licht. Marlene trat mit einem dampfenden goldenen Becher zu mir.
»Ich habe Tee gekocht«, sagte sie.
Ich trank gierig. Himmel, hatte ich einen Durst.
Marlene holte auch einige Kekse hinter einem goldenen Vorhang hervor. »Es gibt eine klitzekleine Küche. Aber bis auf den Tee und die hier habe ich nichts gefunden«, sagte sie traurig.

»Na, immerhin gibt es richtiges Wasser«, sagte ich.
»Ja, da steht ein ganzer Kasten«, sagte Marlene.
Ich biss in einen Keks. Er krümelte wie verrückt und schmeckte nach Staub.
»Wenn wir jetzt unsere Präsentkörbe noch hätten, das wäre toll«, seufzte Marlene und kaute auf einem Kekskrümel.
»Worauf hast du denn die größte Lust?«, fragte ich und grinste. »Auf die Weinbrandbohnen, die Gewürzmischung oder auf den Mirabellenschnaps?«
»Den haben Tante Uli und dein Opa sicher längst ausgetrunken«, murmelte Marlene.
Da wurden wir still. Es schien Ewigkeiten her zu sein, dass wir mit unseren Familien bei dieser merkwürdigen Preisverleihung gewesen waren.
»Anton, ich glaube, das hier ist kein Spiel oder ein lustiger Abenteuertrip. Ich glaube, das ist alles irgendwie echt«, sagte Marlene leise und zwirbelte ihren Zopf. »Auch wenn ich es nicht kapiere.«
»Sie sind nicht gekommen, um uns zu retten«, sprach ich endlich laut aus, was mir in der ersten Sekunde nach dem Aufwachen in den Kopf geschossen war.
Dann musste ich wie verrückt schlucken, sonst hätte ich angefangen zu heulen. Marlene wischte sich heimlich einige Tränen von den Wangen.
»Wir könnten immer noch versuchen, mit dem Flugzeug wegzufliegen«, sagte sie leise.

»Kannst du etwa fliegen?«, fragte ich.
»Wir könnten es versuchen«, flüsterte sie.
Aber wir wussten beide, dass das Unsinn war.
»Komm!«, rief Marlene jedoch plötzlich und stellte ihren goldenen Teebecher ab.
»Wie? Was? Wo?«, fragte ich perplex.
»Lass uns hier wegfliegen!«
Marlene stürmte ins Cockpit. Ich stand auf und folgte ihr. Sie setzte sich auf den Sitz des Kapitäns und ich mich daneben auf den des Copiloten.
»Schade«, sagte sie.
»Echt schade«, sagte ich.
Wir blickten vor uns, wo eigentlich das Schaltpult mit seinen Knöpfen, Anzeigen und dem Steuer hätte sein sollen. Aber das war dort nicht. Direkt vor den Sitzen erhob sich eine Wand aus Beton. Wir stießen mit den Knien dagegen.
»Hier ist die Welt einfach zu Ende, und man kann nicht wegfliegen«, stellte Marlene fest.
»Vielleicht können wir da durch«, überlegte ich und presste meine Handflächen auf die Betonwand.
Marlene schüttelte den Kopf. »Man kann hier keinen Anlauf nehmen«, sagte sie, und es klang sehr endgültig.
»Wir müssen also aus dem Flugzeug raus und zu Fuß einen Ausweg suchen«, sagte ich.
»Wir könnten auch hierbleiben«, sagte Marlene.
»Hier?«, fragte ich.

»Ja. Die haben ja gestern versucht, uns eine Nachricht hierherzusenden. Außerdem hat sich irgendjemand in diesem Flugzeug einen Palast eingerichtet«, sagte Marlene. »Derjenige kommt doch bestimmt öfter her, um darin Prinzessin oder Sultan zu spielen.«
»Weil es seine Traumwelt ist, meinst du«, sagte ich. Dann kam mir noch ein ganz ungeheuerlicher Gedanke: Vielleicht war das hier ja alles eine Traumwelt? Nicht nur das Flugzeug, sondern auch das Draußen.
Marlene propellerte. »Es kann noch nicht lange her sein, dass derjenige hier war. Im Mülleimer liegen leere Erbsensuppendosen, und eine davon ist innen noch etwas feucht«, sagte sie.
Ich schaute Marlene überrascht an, und ihr Zopf klatschte in mein Gesicht. »Dann sind wir hier also doch nicht alleine?«
»Nein, anscheinend nicht«, sagte Marlene, und ich bekam mal wieder eine Gänsehaut.
»Ich finde, wir sollten nicht im Flugzeug bleiben«, sagte ich und ärgerte mich etwas, dass meine Stimme so rau klang. »Wer weiß, was das für einer ist.«
»Okay«, sagte Marlene ein bisschen erschrocken.
Entschlossen stand ich auf. »Los geht's!«, sagte ich. Auch wenn mir in diesem Moment einige Worte in den Sinn kamen: *Parallel. Kante. Springen.*
Ich hatte allerdings keine Ahnung, woher ich die auf einmal hatte.

12. Die Glaskuppeln

Zum Glück waren die Moose nicht da, und wir konnten ungehindert bis zum mannshohen Gras hinüberlaufen. Dort zeigte allerdings nichts die Stelle an, durch die wir gestern gekommen waren.

»Wo müssen wir durch?«, fragte Marlene.

»Einfach geradeaus«, sagte ich, denn eine andere Möglichkeit hatten wir nicht. »Bis wir gegen die Wand stoßen.«

»Oder eine Treppe hinunterpurzeln«, sagte Marlene.

»Oder das, genau«, sagte ich.

Wir lächelten uns an, als versuchten wir, uns gleichzeitig Mut zu geben und ihn beim anderen zu finden.

Dann schlug ich die schweren Grashalme zur Seite. Sie brachen splitternd an ihren dicken Knoten, als hätten sie nur darauf gewartet, sich endlich hinlegen zu dürfen.

»Das gibt es doch gar nicht«, sagte Marlene nach einer langen Zeit, die wir durch das Gras geirrt waren.

»Nein, das ist eigentlich völlig unmöglich«, sagte ich. »Kein Dach der Welt kann so groß sein, dass man sich dermaßen darauf verläuft.«

Ich machte den nächsten Schritt und fiel plötzlich ins Leere. Vor Schreck schrie ich mir die Seele aus dem Leib, während ich in die Tiefe stürzte. Doch dann wurde ich auf einmal ganz leicht, als hätte mein Körper überhaupt kein Gewicht mehr. Ein merkwürdiges kribbliges Gefühl kam aus meinem Bauch und verteilte sich überallhin, mein Fallen wurde zu einem Schweben. Schwerelosigkeit, das war es, ich fühlte mich absolut schwerelos. Sanft sank ich tiefer und tiefer und hatte nicht die mindeste Angst. Es war unheimlich schön. Ich machte eine Luftrolle und lachte lautlos.

Dann erst hörte ich Marlene von oben panisch schreien. »Anton! Anton!«

Ich hätte ihr gerne zugerufen, dass sie sich keine Sorgen machen soll, dass alles gut werden würde. Aber das konnte ich nicht, denn kein Ton schaffte es meine Kehle hinauf.

Liebe Marlene, bitte hab keine Angst, dachte ich darum und hoffte, der Bananenmilchwind würde meine Gedanken zu ihr tragen.

Die Landung war leider nicht besonders gemütlich. Ganz im Gegenteil, ich donnerte so fest auf den Boden, dass ich die Besinnung verlor.

Plötzlich saß ich mit Mama, Paps und Opo an einer langen festlichen Tafel. Die bog sich unter lauter Köstlichkeiten, und mir lief das Wasser im Mund zusammen. Ich konnte mich überhaupt nicht entscheiden, wovon ich mir nehmen sollte, und lud meinen Teller mit allem voll, was in meiner Nähe stand.

»Anton, bitte, nicht so gierig«, sagte Mama und schüttelte den Kopf. Ich konnte aber das Lächeln in ihren Augen sehen. Sie freute sich über meinen Appetit.

Doch bevor ich die erste volle Gabel in meinem Mund verschwinden lassen konnte, erklang ein lautes *Pling*, und ich saß allein in völliger Dunkelheit. Die köstliche Tafel war natürlich auch weg.

»Sowas Blödes«, murmelte ich und öffnete die Augen.

Ich lag auf dem Rücken und blickte in einen Sommerhimmel, der aussah wie gemalt. Meine Schultern und mein Hintern taten weh. Mühsam drehte ich den Kopf. Das Pling war ganz eindeutig aus einem Gebüsch neben mir gekommen.

»Was ist denn das für ein blödsinniger Ausgang«, schimpfte es nun daraus. Außerdem wackelte es. Keine Frage, irgendetwas war in diesem Busch.

Da wurden die Blätter energisch zur Seite gedrückt, und Marlene trat heraus. Ich beobachtete das alles, ohne es richtig zu kapieren. Ich war gerade minutenlang sehr, sehr tief nach unten geschwebt und am Boden ohnmächtig aufgeschlagen. Ich konnte im Keller des Hauses mit dem Dachgarten liegen, vielleicht sogar irgendwo unter der Erde. Aber auf keinen Fall konnte ich mich noch immer auf dem Dach unter diesem Wölkchenhimmel befinden. Wo waren wir also?

Als Marlene mich sah, kam sie angelaufen und hockte sich neben mich. »Bist du verletzt?«, fragte sie besorgt.

»Nein«, sagte ich, denn das stimmte. Mir tat zwar alles weh, aber ich konnte mich immerhin bewegen.

»Du hast dir echt einen Schmerzorden verdient«, sagte Marlene und strich mir tröstend über den Kopf. »Du bist bestimmt drei Meter tief gefallen.«

»Nur drei Meter?«, fragte ich. »Das müssen viel mehr gewesen sein!«

Vorsichtig richtete ich mich auf.

»Das glaube ich nicht«, sagte Marlene.

»Was hast du in diesem Busch gemacht?«, fragte ich.

»Da ist der Fahrstuhlausgang«, sagte Marlene.

»Du hast einen Fahrstuhl gefunden!«, rief ich aufgeregt. »Lass uns endlich hier abhauen!«

Marlene schüttelte den Kopf. »Das geht nicht. Nachdem du in diesem Loch verschwunden warst und ich einen kleinen Panikanfall hatte, entdeckte ich in den hohen Gräsern diesen Fahrstuhl. Aber er hat nur zwei Knöpfe: *Oben* und *Unten*. Oben war ich ja schon, darum drückte ich *Unten*. Der Fahrstuhl fuhr ein kleines Stück und öffnete seine Tür. Ich bin mitten in diesem Busch gelandet. Dann sah ich dich hier liegen.«

»Wir sind also nur eine Etage tiefer?«, fragte ich.

»Ja«, sagte Marlene leise und zwirbelte ihren Zopf.

Ich schaute mich um. Wir saßen auf einer Wiese, die von großen Büschen gesäumt war. Irgendetwas war mit diesen Büschen los, aber ich konnte nicht erkennen, was das war. Über uns … Ach, lassen wir das, ihr wisst schon. Nirgendwo war ein Fahrstuhlschacht zu sehen, der nach oben führte.

»Wir müssen weitersuchen, Anton«, sagte Marlene und schlug mir aufmunternd gegen die Schulter

Ich zuckte etwas zusammen.

»Entschuldige bitte«, sagte Marlene zerknirscht. »Ich habe ganz vergessen, dass dir ja alles weh tun muss.«

»Ist schon okay«, sagte ich. »Solange du mir einen Schmerzorden bastelst, wenn wir wieder zu Hause sind, ist alles halb so schlimm.«

»Versprochen«, sagte Marlene. »Kannst du denn weiterlaufen?«

»Klar«, sagte ich.

Wir hatten ja sowieso keine andere Wahl. Also liefen wir weiter. Als wir an den Büschen vorbeikamen, sah ich, was mit denen nicht stimmte. Sie trugen alle Jahreszeiten gleichzeitig. Manche Äste waren kahl, an manchen wuchsen Maiblätter und Knospen, andere blühten, und wieder andere hatten kleine Beeren ausgebildet, und ihr Laub war gelb und rot.

»Pfff«, machte Marlene.

Ich kam mir völlig zermatscht vor. Meine Knochen taten weh, und mein Gehirn zitterte in meinem Kopf wie Wackelpudding. Außerdem hatte ich wirklich großen Hunger

und Durst. Das Herumlaufen machte die ganze Sache auch nicht besser. Ich blickte zu Marlene. Sie trottete tapfer neben mir her.
Da blieb ich stehen. Warum war mir die Idee nicht gleich gekommen? Wenn wir in einem Diorama waren, dann musste es jemanden geben, der uns dort hineingesetzt hatte, und der konnte uns die ganze Zeit hören. Die hatten uns gestern nicht zufällig im Flugzeug entdeckt. Ich blickte zu den immer gleichen Wölkchen hoch.
»Hey, ihr da oben!«, schrie ich.
Marlene zuckte vor Schreck zusammen.
»Entschuldige bitte«, murmelte ich. Dann schrie ich wieder. »Wer immer ihr auch seid und was immer eure fiesen Pläne sein mögen, ihr habt uns entführt, und das ist kriminell. Lasst uns hier raus! Sofort!«
Es kam keine Antwort. Wir warteten eine Weile, bis wir ganz sicher waren.
»Da ist niemand, der dich hören kann«, sagte Marlene.
»Oder niemand, der mir antworten will«, knurrte ich.
Marlene zog heftig die Luft ein. »Meinst du wirklich?«
Ich blickte mich noch mal genauer um. »Wenn es einen Ausgang gibt, dann wahrscheinlich am Rand«, überlegte ich.
»Die Mauer im Flugzeug war bestimmt der Rand«, sagte Marlene.
»Verdammt!«, schimpfte ich. »Wir hätten daran entlanglaufen sollen!«

»Mhm«, machte Marlene und zwirbelte ihren Zopf. »Es war echt blöd, dass wir von dort weggegangen sind.«
Plötzlich waren da wieder drei Worte in meinem Kopf. *Parallel. Kante. Springen.*
Ich nahm Marlenes linke Hand, damit sie mit der rechten weiterzwirbeln konnte. »Marlene, wir müssen irgendeine Kante suchen. In der Nacht rauschte der Lautsprecher wieder, und da hörte ich drei Worte: parallel, Kante und springen.«
»Du meinst, da gibt es irgendwo eine parallele Kante, über die wir springen sollen? Aber wozu parallel?«
»Vielleicht zu einer Außenwand oder zu irgendeiner Begrenzung.«
Ich zog sie zu den komischen Büschen. Die standen nämlich am Rand, am Rand der Wiese, über die wir die ganze Zeit liefen.
»Die Büsche sind wie eine Begrenzung, wie eine Schranke, die man nicht passieren darf«, murmelte ich.
»Aber wer sagt das?«, fragte Marlene.
»Ganz genau, wer sagt das eigentlich?«
»Also, hindurch«, sagte Marlene. Dann schaute sie mich an. »Oder?«
»Hindurch!«
Wir drückten die Äste vor uns beiseite. Das Gebüsch war viel dichter und widerspenstiger, als ich gedacht hatte. Seine unterschiedlichen Äste schienen uns festhalten und auf keinen Fall vorbeilassen zu wollen. Doch wir gaben nicht auf.

Endlich hatten wir uns durch die Büsche gequetscht. Da bemerkte ich, dass das Gras unter unseren Füßen zurückgeblieben war und wir stattdessen auf blankem Fels standen. Um uns herum erhoben sich graue Steinblöcke in die Höhe. Wir waren zwischen atmenden Steinen eingekeilt! Mir wurde übel.

»Anton, hörst du das?«, rief da Marlene und zog mich am Ärmel.

Ein Rauschen wie von einem herabstürzenden Wasserfall drang auf einmal an mein Ohr. Im selben Moment spürte ich jedoch unter meinen Fußsohlen ein Heben und Senken, das tiefe Ein- und Ausatmen der Steine. Es war schrecklich.

»O nein!« Panisch rannte ich los, an den Felsblöcken vorbei.

»Warte!«, schrie Marlene.

Sie riss mich am T-Shirt wieder zurück.

»Bist du wahnsinnig?«

Direkt vor uns brach der Boden abrupt ab. Meine Sneakers ragten schon gefährlich über die Kante. Vor Schreck zitternd trat ich wieder ein Stück zurück.

»Die Kante, das ist eine Kante!«, schrie ich gegen den ohrenbetäubenden Krach an.

Wir konnten nicht sehen, wie tief der Abgrund hinunterging, denn wir standen vor einem rauschenden Vorhang. Mit lautem Getöse donnerten Unmengen von Wasser in die Tiefe.

»Da werde ich niemals runterspringen!«, schrie Marlene.

Ich ganz bestimmt auch nicht, dachte ich.

Marlene streckte plötzlich ihre Hand aus, wie um sie in den Wasserfall zu halten.
»Nicht!«, schrie ich, denn in derselben Sekunde hatte ich die Gefahr einer völligen Unmöglichkeit erkannt: Das Wasser fiel nicht, das Wasser flog mit rasender Geschwindigkeit nach oben!
Doch es war zu spät. Als Marlene ihre Hand in den Wasservorhang hineinsteckte, wurde ihr Arm hochgerissen, und sie stolperte nach hinten. Ich versuchte, sie aufzufangen, verlor dabei aber ebenfalls die Balance. Wir fielen beide um. Marlene rutschte weiter und über die Kante des Abgrundes hinaus. Ich versuchte, sie wieder zurückziehen. Aber in dem Moment wurde sie vom hochschießenden Wasser nach oben gerissen.
»Anton!«, schrie sie.
Ich ließ Marlene nicht los, sondern klammerte mich an ihre Beine und machte die Augen zu. Die Superkraft des Wassers katapultierte uns einige Meter in die Höhe. Dann wurden wir auf der anderen Seite des Vorhangs wieder ausgespuckt. Plötzlich waren wir im Himmel zwischen all den Wolken und sausten in die Tiefe.
»Arghhhhhhh!«, schrie ich zu Tode entsetzt und mit einem irren Kribbeln im Bauch.
»Ich fliege!«, schrie Marlene neben mir.
Unter uns war nichts. Nur der Himmel und dazwischen die Wolken. Ich konnte sie spüren, wenn ich dagegenkam. Verdammt, was sollten wir tun?

Auf einmal stoppte etwas so abrupt meinen Fall, dass mir kotzübel wurde. Als sich mein Magen und auch der Wackelpudding in meinem Kopf wieder beruhigt hatten, stellte ich fest, dass ich in einem Sessel saß. In meinem Rücken steckte ein gemütliches Kissen und meine Füße in Pantoffeln. Der Himmel war weg.

»Ich habe Pantoffeln an«, sagte Marlene neben mir. Sie klang, als sei sie gerade von sehr, sehr weit her gekommen. »Wo sind wir hier?«

»Ich weiß es nicht«, murmelte ich.

Die Sessel, in denen wir saßen, standen in einem absolut weißen Raum. Vier weiße Wände und eine weiße Decke umgaben uns. Unter uns lag ein weißer langfloriger Teppich.

Marlene rückte ihre Brille gerade und drehte ihren Zopf. »Ich werde über all das hier nicht mehr nachdenken«, sagte sie bestimmt. »Sonst werde ich noch total meschugge.«

Plötzlich lag ein seltsames Sirren in der Luft.

»Schau mal«, raunte Marlene und fasste nach meinem Arm.

»Was ist das denn?«, flüsterte ich entsetzt.

Wie aus dem Nichts stülpten sich auf einmal drei Glasblasen vor uns aus der Wand. Jede war etwa so groß wie ein Topf, in dem man Spaghetti für zehn Leute kochen kann, und in jeder lag ein Menschenkopf.

13. Das Universum der Unwahrscheinlichkeiten

Zum Glück musste ich mich nicht übergeben.
»Das sind der Leiter des Instituts der Zukunft, die verrückte Frau und der Hausmeister«, stellte Marlene mit rauer Stimme fest.
»Ob unsere Eltern die aus Rache geköpft haben?«, fragte ich.
»Anton!«, rief Marlene entsetzt.
Dann erst sah ich, dass die Köpfe in den Glasblasen uns aus ziemlich lebendigen Augen anstarrten.
»Hallo, Kinder!«, hörten wir die Stimme der Frau mit den roten Haaren über einen Lautsprecher. Hinter dem Glas bewegten sich ihre Lippen.
»Die sind gar nicht tot«, sagte Marlene. »Das sind Aussichtsblasen oder so was, in die sie nur ihre Köpfe gesteckt haben.«
»So viel also dazu, ob wir beobachtet werden«, murmelte ich.

»Wir sind euch wohl eine Erklärung schuldig«, sagte der Kopf des Leiters des Instituts, der nun die grüne Kapuze trug.
»Aber hallo!«, rief ich.
»Wo sollen wir anfangen?«, fragte die Frau.
»Vielleicht am Anfang«, schlug Marlene ziemlich bissig vor.
»Nun, der Anfang wäre ja dann der Urknall«, brummte der Hausmeister mit der Schmalzfrisur und den silbernen Schläfen.
»Na, vielleicht doch nicht ganz so früh«, knurrte Marlene.
Plötzlich hatte ich genug. »Am besten lassen Sie uns hier erst mal raus, bevor Sie uns irgendwas erklären wollen«, rief ich wütend. »Was fällt Ihnen eigentlich ein, uns hier gefangen zu halten!«
»Genau!«, empörte sich Marlene. »Wir wollen hier raus, und dann hören wir uns vielleicht Ihre Erklärungen an.«
»Und erst danach entscheiden wir, ob wir Sie wegen Kidnapping verhaften lassen oder nicht«, fügte ich noch hinzu. Ich hatte ein bisschen Extrawut in meine Stimme gelegt, obwohl ich wirklich ziemlich neugierig war, was diese drei seltsamen Gestalten uns zu erzählen hatten.
»Das geht nicht. Ihr befindet euch in einem Paralleluniversum mit ganz eigenen Gesetzen«, sagte da der Hausmeister und hüstelte. »Darum können wir euch nicht einfach so wieder herauslassen. Das muss wohl überlegt sein.«
»Warum?«, fragte ich. Ich war mir sicher, dass der Kerl log. Ich meine: *Paralleluniversum?* Hielt der uns für bescheuert? »Weil

wir sonst platzen wie Fische, die man einfach aus der Tiefsee hochzieht? So lange sind wir doch noch gar nicht hier drin. Außerdem, Paralleluniversum. Also echt! Für ein ganzes Universum ist es ganz schön klein, oder?«

»O nein, das stimmt nicht«, fiel der Leiter des Instituts ein. »Es gibt da noch viel, viel kleinere, wenn ich da nur an Lambda Pi denke.«

»Also Lambda Pi ist doch nicht kleiner. Omikron Zwo hingegen schon«, erwiderte der Hausmeister.

»Ähm, entschuldigen Sie bitte«, rief Marlene dazwischen. »Vielleicht ist das ja jetzt nicht ganz so wichtig.«

»Da hat das Mädchen recht«, sagte die Frau.

Ganz klar, das war ein Ablenkungsversuch oder eine Übersprunghandlung der beiden Typen. Nun war ich mir ganz sicher, dass es auf alle Fälle irgendein unerwartetes und riesiges Problem geben musste.

Dann erfuhren wir, dass die drei Wissenschaftler sind und im Laufe ihrer Forschungen vor einigen Jahren tatsächlich ein kleines Paralleluniversum erschaffen hatten. Mitten in unserer Stadt, in diesem Haus und in einer Etage, die es eigentlich gar nicht gibt! Ich wusste nicht mehr, was ich denken sollte. Das war der absolute Wahnsinn!

»Eine unwahrscheinliche Welt in einer unwahrscheinlichen Etage«, tönte der Hausmeister voller Stolz.

Die anderen beiden strahlten, als hätten sie bei irgendetwas den ersten Preis gewonnen. Die drei benahmen sich, als wür-

den wir in dieser ganzen Sache überhaupt gar keine Rolle spielen. Als gäbe es uns einfach nicht. Das konnte doch alles nicht wahr sein!
»Wie bitte?«, schrie ich wütend.
»Oh, so etwas zu erschaffen ist gar nicht so schwer«, ereiferte sich der Hausmeister, der mich falsch verstanden hatte. »Dazu muss man lediglich –«
»Doctor Strange!«, unterbrach ihn die Rothaarige. »Du wirst doch den Kindern nicht unsere Geheimnisse verraten.«
»Natürlich nicht, meine liebe Mystique. Entschuldige bitte. Vielleicht möchte ja Doctor Doom mit den Erklärungen fortfahren.«
Mir verschlug es für einen Moment die Sprache. Ich starrte die drei Köpfe in ihren Glasblasen an. Die waren völlig durchgeknallt! Die hatten sich die Namen von Marvelcomicfiguren gegeben. Jetzt fiel mir auch auf, dass sie sich ja eigentlich auch so verkleideten. Wir waren in die Hände von Wahnsinnigen geraten!
»Was machen wir hier drin?«, schrie ich schließlich, riss mir einen Pantoffel vom Fuß und warf ihn gegen die Glaskuppel mit dem schmalzigen Kopf des Hausmeisters. »Und wie kommen wir hier wieder raus?«
Marlene legte beruhigend eine Hand auf meine Schulter.
»Die sind total wahnsinnig«, sagte ich zu ihr. »Die glauben an Paralleluniversen, machen irgendein total irres Experiment und tragen Comicnamen.«

»Und sie haben uns in der Hand, vergiss das nicht«, erwiderte Marlene. »Wir sollten vielleicht freundlicher zu ihnen sein. Die sind wahrscheinlich gefährlich.«
»Wir können euch übrigens hören«, sagte die Rothaarige, die so gerne Blau trug und sich Mystique nannte. »Aber wir sind nicht gefährlich, und wir wollen euch auch nichts tun. Außerdem möchte ich dich bitten, Anton, dass du den Pantoffel wieder anziehst. Es ist wegen des weißen Teppichs. Deine Socken sind nicht die saubersten.«
Mir blieb vor empörtem Staunen der Mund offen stehen.
»Nun, es ist so«, fiel da der Leiter des Instituts mit seiner bescheuerten grünen Kapuze ein, »wir haben hier ein Paralleluniversum der Unwahrscheinlichkeiten geschaffen als ein Möbiusband in einem Diorama.«
»Ha!«, machte Marlene.
»Ein Möbiusband?«, fragte ich, weil mich meine Neugierde für einen winzigen Augenblick von den wirklich wichtigen Fragen etwas ablenkte.
»Ja. Wir hatten nur einen begrenzten Raum zur Verfügung, also schufen wir eine dreidimensionale in sich gedrehte Schlaufe ohne Innen und Außen«, erklärte der Kapuzenmann. Vor uns an der Wand erschien die Projektion so eines Möbiusbandes.
»So könnt ihr es euch sicher besser vorstellen«, sagte die Frau, als wäre sie eine sorgende Gastgeberin.
»Wie eine Unendlichkeitsacht im Raum«, murmelte ich. »Darum sind wir nirgendwo angekommen.«

»Richtig. Wenn man auf der Mittellinie läuft –«

»– ist man in der Unendlichkeit gefangen«, schrie ich wütend, als ich die ganze Wahrheit so vor mir sah.

»Sie sind vielleicht ein paar miese Typen!«, fiel Marlene ein. »Wir wären ewig weitergelaufen und wahrscheinlich verhungert und verdurstet!«

»Na ja, so weit hätten wir es nun nicht kommen lassen«, sagte die Frau, die sich Mystique nannte, nach einem Räuspern. »Wir wollten in unserem Universum erforschen, ob an dem Spruch *Nichts ist unmöglich* tatsächlich etwas Wahres dran ist«, erklärte der schmalzige Doctor Strange aka der Hausmeister, als ob uns das noch irgendwie interessiert hätte.

Da musste Marlene plötzlich kichern. »Anton, die haben so einen riesigen Knall«, wisperte sie. Dann schaute sie plötzlich wieder sehr ängstlich. »Was machen wir nun? Aus irgendeinem Grund lassen die uns hier nicht raus.«

»Vielleicht wollen sie einfach mal ein bisschen angeben«, raunte ich Marlene zu. »Das Ganze ist ja wirklich ziemlich unglaublich, und ich denke nicht, dass sie darüber bisher viel erzählen durften. So was ist sicher gar nicht erlaubt. Wir hören denen noch ein bisschen zu, und dann verlangen wir unsere Freilassung.«

»Leider stimmt der Spruch nicht«, quasselte Mystique währenddessen weiter. »Zwar hat sich unser kleines Universum selbständig und schnell zu dem entwickelt, was es nun ist, nur leider …« Sie unterbrach sich kurz, um die Nase hoch-

zuziehen. »… lässt es uns nicht mehr hinein«, beendete sie ihren Satz und brach in lautes Schluchzen aus.
»Es tut mir wirklich sehr leid, dass Sie Ihre unmögliche Welt nicht mehr betreten können«, sagte Marlene mit einem bösen Lächeln. »Wahrscheinlich beneiden Sie uns gerade sehr, nicht wahr?«
Wir warfen uns einen Blick zu. Wie spricht man am besten mit Verrückten, wenn die einen in der Hand haben? Wir wussten das beide nicht.
»Okay, jetzt mal heraus mit der Wahrheit. Warum sind wir hier?«, fragte ich.
»Weil ihr Kinder seid«, sagte Doctor Strange. »Das Universum funktioniert und reagiert nach den Gesetzen der Unmöglichkeit. Auch seine … nun ja, Bewohner.«
Ich dachte an die Moosbüschel und die atmenden Steine. »Und Menschen sind nicht unmöglich«, sagte ich.
Die drei Köpfe in den Glasblasen nickten.
»Tante Uli aber irgendwie schon«, sagte Marlene und kicherte wieder. Das war schon ihr zweites unkontrolliertes Kichern. Wir mussten hier so schnell wie möglich raus.
»Solange Kinder unmögliche Dinge für möglich halten, können sie in unserem Universum existieren«, erklärte Doctor Doom unter seiner grünen Kapuze hervor. »Aber ab zwölf Jahren, wenn die Zweifel immer größer werden, wenn man seiner Phantasie selbst nicht mehr glaubt, wenn man langsam nur noch für möglich hält, was andere für möglich halten –«

»Erwachsene werden jedenfalls in unserem Universum selbst unmöglich«, fuhr die rothaarige Mystique energisch fort. Sie hatte sich wieder gefasst.
»Aha, ich verstehe«, sagte ich. »Nun, wenn der Preis für unseren Sieg bei Ihrem Nachhaltigkeitswettbewerb war, dass wir Ihr unmögliches Universum erleben durften, dann bedanken wir uns artig. Es war wirklich sehr spannend. Aber nun möchten wir bitte wieder nach Hause.«
»Ähm«, sagte Mystique und räusperte sich. »Leider ist das nicht möglich.«
»Haha«, lachte Marlene ein bisschen sehr irre. »Das ist witzig. Immerhin befinden wir uns im Universum der Unmöglichkeiten. Das bedeutet doch wohl, alles ist möglich.«
Der Leiter des Instituts lächelte säuerlich. »Trotzdem haben wir ein Problem.«
Hatte ich es doch gewusst! Endlich schienen wir der Sache auf den Grund zu kommen.
»Welches?«, fragte ich.
»Wir wissen nicht, wie das passieren konnte«, begann der schmalzköpfige Doctor Strange umständlich und klang tatsächlich ziemlich zerknirscht. »Aber es ist deiner Schwester Luisa gelungen, in unser Paralleluniversum zu gelangen.«
»Aber Luisa ist schon fünfzehn!«, schrie Marlene entsetzt.
»Eben das ist ja das Problem«, sagte Mystique.
»Warum holen Sie sie denn nicht einfach wieder heraus?«, rief Marlene panisch.

»Wir können sie auf unseren Bildschirmen nicht entdecken und keinen Kontakt zu ihr aufnehmen.«

Marlene und ich starrten uns erschrocken an. Was bedeutete es, unmöglich zu werden? Löste man sich einfach auf? War Luisa schon nicht mehr da?

»Was bedeutet es, unmöglich zu werden?«, fragte ich.

Einen kleinen Augenblick herrschte betretenes Schweigen.

»Das wissen wir nicht«, sagte schließlich die Rothaarige. »Nachdem die ersten Anomalien bei uns auftraten und wir erkannten, warum das so war, hat niemand mehr das Universum betreten.«

Woher wissen Sie dann das mit den Kindern?, wollte ich fragen. Doch da spürte ich Marlenes Hand in meiner. Unter ihrer Brille quollen Tränen hervor.

»Marlene, wir werden zurückgehen und Luisa retten, okay? Das verspreche ich dir.«

Marlene schnüffelte ihre Tränen hoch. »Ja. Das werden wir.«

Ich wandte mich wieder den drei verrückten Wissenschaftlern mit den albernen Namen zu. »Hey, Sie da. Wir holen Marlenes Schwester aus Ihrem Paralleluniversum raus. Es wäre allerdings nett, wenn Sie uns vorher etwas Richtiges zum Essen und Trinken und eine Karte der Gegend geben könnten.«

Die drei blickten sich überrascht an.

»Waren denn die Vorräte im Flugzeug nicht ausreichend?«, fragte Doctor Strange.

»Na ja«, sagte ich. »Wenn Sie diese trockenen Kekse meinen,

also besonders schmack- oder nahrhaft waren die nicht gerade.«

»Und die anderen Sachen habt ihr nicht gefunden?«, fragte Mystique. »Die Konservendosen mit Erbsensuppe, die Wiener Würstchen in Aspik, die spanische Salami, Trockenfrüchte, haltbare Milch und Puddingpulver. Es war doch alles da.«

Marlene und ich schauten uns an.

»Ich habe alles durchsucht«, sagte Marlene. »Die Schränke waren leer.«

»Das ist äußerst seltsam«, murmelte Doctor Strange.

»Vielleicht ist es doch keine so gute Idee, wenn ihr zurückgeht«, sagte Mystique.

»Wir werden euch jetzt sofort rausholen!«, bestimmte Doctor Doom.

»Moment mal!«, rief Marlene. »Eben haben Sie noch gesagt, das ginge nicht so einfach.«

»Nun ja …«, begann der Hausmeister und unterbrach sich sogleich wieder. Wahrscheinlich suchte er nach Worten für eine weitere superlange umständliche Erklärung. Aber so wie ich es verstanden hatte, war dafür überhaupt gar keine Zeit.

»Egal, was Sie sagen wollen, wir bleiben hier drin. Schicken Sie uns sofort zurück«, rief ich.

»Wir werden meine Schwester retten«, knurrte Marlene ungewohnt wütend.

14. Das Feuer

Es gab noch eine längere Diskussion mit den Marvelhelden, die es plötzlich sehr eilig hatten, uns aus ihrem Paralleluniversum herauszuholen, jedoch nicht verraten wollten, warum. Wahrscheinlich hatte es etwas mit den verschwundenen Lebensmitteln zu tun. Marlene hatte im Flugzeug leere Erbsensuppendosen gefunden. Es musste also noch jemand im Paralleluniversum unterwegs sein. Aber wie gefährlich war jemand, der gerne Erbsensuppe, Würstchen in Aspik und spanische Salami aß? Ich grinste vor mich hin, verbiss mir das aber schnell wieder. Ich wollte Marlene nicht verunsichern. Sie sollte gar nicht erst auf die Idee kommen, dass uns von jemandem, der ebenfalls auf dem Möbiusband herumlief, Gefahr drohen könnte. Denn egal wie, wir mussten ganz schnell Luisa retten.

Schließlich willigten die drei doch ein, uns zurückzuschicken. Zuvor öffnete sich aber noch eine Klappe, aus der wir uns Wasser und – juchu! – staubige Kekse nehmen konnten. Außerdem wurde eine Karte des Universums vor uns an die weiße Wand projiziert.

»Es gibt vier Basiscamps«, erklärte Mystique. »Jedes davon wurde von einem von uns persönlich gestaltet. Dort kann man übernachten, und es gibt Lebensmittel … nun ja, also eigentlich.«

Irgendetwas, das Mystique gerade gesagt hatte, war seltsam gewesen. Aber mir wollte nicht aufgehen, was.

»Ihr orientalisches Flugzeug kennen wir ja schon, wie Sie wissen«, sagte ich.

»Es ist Doctor Dooms Basiscamp«, sagte die Frau etwas säuerlich.

Ich schaute überrascht zum Kopf des Leiters des Instituts unter der grünen Kapuze. Aber letztlich war es völlig egal, wer welches Camp gestaltet hatte. Marlene und ich versuchten, uns den Weg zu den anderen Camps einzuprägen. Eines lag an einem See, eines in einem Wald und das vierte auf einer Wiese.

»Ich bin mir sicher, wenn Luisa so ein Camp gefunden hat, dann bleibt sie bestimmt da«, sagte Marlene. »Sie liebt es, sich an geheimen Orten zu verkriechen.«

»Außerdem gibt es Wasser und Kekse«, murmelte ich.

»Viel Glück!«, sagte der Hausmeister schließlich.

Dann sausten wir plötzlich wieder durch den Wölkchenhimmel. Der weiße Raum hatte sich einfach aufgelöst.

»Verdammt nochmal!«, schrie ich atemlos. »Hätten die uns nicht mal warnen können?«
Im selben Moment fielen wir aus dem Himmel und landeten ziemlich unsanft auf einer Wiese.
»Daran müssen die drei echt noch arbeiten«, murmelte Marlene und rieb sich den Po. »Man muss doch auch irgendwie anders hier rein- und rauskommen.«
Ich selbst registrierte nur einen weiteren Schmerz an derselben Stelle wie Marlene. Irgendwie war das interessant: Zu Hause hätte ich, nach allem was bisher passiert war, krank und etwas jämmerlich im Bett gelegen. Doch hier war das anders. Ich spürte zwar die Schmerzen, aber weil so viel und vor allem so viel Wahnsinniges passierte, kümmerte ich mich nicht weiter darum. Schmerzen sind wohl auch nur relativ. So wie die Zeit oder der Raum.
»Auch das mit den Pantoffeln ist ziemlich bescheuert«, schimpfte Marlene weiter.
Da erst sah ich, dass wir die noch immer trugen. Pantoffeln würde ich grundsätzlich nicht anziehen, aber in der Natur waren sie mehr als unpraktisch.
»Verdammt«, murmelte ich. »Wer weiß, wie lange wir noch unterwegs sind. Diese Marvelheinis sind wirklich nicht besonders achtsam.«
Auf einmal machte ich mir doch Gedanken darüber, dass wir hier wahrscheinlich nicht alleine waren, und hatte ein ziemlich ekliges Bild vor Augen: Der Silikonhautanzug! Irgend-

jemand benutzte den hier drin, sonst hätte er nicht an der Wand gehangen. Oder gehörte der den Marvelhelden? Ich hätte danach fragen sollen.

»Lass uns schnell Luisa finden«, sagte ich.

Wir liefen in die Richtung, in der das nächste Basiscamp liegen musste.

»Wer hätte gedacht, dass ich Luisa eines Tages retten muss«, sagte Marlene.

»Ihr versteht euch nicht besonders, oder?«, fragte ich.

Marlene seufzte. »Luisa ist ein echtes Biest. Sie ärgert mich und Mama, wann immer sie kann und ohne Rücksicht auf Verluste. Manchmal habe ich das Gefühl, dass sie ihren ganzen Frust an uns auslässt. Weil es bei ihr einfach nicht gut läuft. Ich habe dir ja schon erzählt, dass der Schulleiter sie von der Schule geschmissen hat.«

»Pah, der!«, machte ich. »Aber warum eigentlich?«

»Sie hat ein paar unentschuldigte Fehlstunden zu viel gehabt«, sagte Marlene. »Eines Tages kam ohne jede Vorwarnung ein Brief. Die Schulleitung habe festgestellt, dass sie wohl auf Bildung keinen Wert lege, und die Schule verzichte gern auf Faulpelze.«

»Wow, ohne Verwarnung. Ich sage nur: Heiterste Schule des ganzen Landes.«

»Danach wurde alles noch schlimmer«, erzählte Marlene traurig. »Dabei haben Luisa und ich früher ganz viel zusammen gemacht. Theaterstücke geschrieben und einstudiert und

Bilder von Feenwelten gemalt. Sie hat mir immer Geschichten erzählt.« Marlene schaute sich seufzend um. »Ob wir noch richtig sind?«

Als ich ihrem Blick folgte, hatte ich das unangenehme Gefühl im Bauch, beobachtet zu werden. Aber ich wusste nun ja, dass hier irgendwo einige Kameras hingen. Leider viel zu wenige. Sonst hätten die drei Luisa nicht verloren.

»Vielleicht sollten wir etwas schneller gehen«, sagte Marlene.

Ich nickte. Das hatte ich mir auch gerade überlegt. Leider kamen wir in den dämlichen Pantoffeln nicht so gut voran, wie ich es mir gewünscht hätte.

»Und dann kam meine Schwester in die Pubertät, und seitdem ist zu Hause der Teufel los. Ein Teufel namens Luisa«, beendete Marlene ihre Erzählung. »Manchmal schreien sich Papa und Luisa tagelang an, oder sie reden gar nicht miteinander. Blöd, dass ich sie trotzdem alle so lieb habe. Ständig stehe ich dazwischen.«

Ich nahm Marlenes Hand. Im selben Moment stolperte ich in meinen Pantoffeln über eine Wurzel. Marlene hielt mich fest und lächelte.

»Wolltest du mich gerade trösten, oder brauchtest du nur eine Stütze?«, fragte sie.

Ich grinste. »Zum Glück hast du eine Menge Humor«, sagte ich.

»Ja, zum Glück. Sonst würde ich das hier alles wahrscheinlich gar nicht aushalten«, murmelte Marlene.

Inzwischen liefen wir durch einen Wald aus Laubbäumen.

Wenn es denn welche waren, aber Nadeln hatten sie jedenfalls nicht.
»Wenn man nur wüsste, wie spät es ist«, sagte Marlene. »Komisch. Ich habe hier überhaupt kein Zeitgefühl.«
Ich hörte dieselbe Unruhe in ihrer Stimme, die ich im Bauch hatte. Vielleicht brach schon bald die zweite Nacht an. Auch für Luisa. Wie viele Tage dauerte es, bis man unwahrscheinlich wurde?
»Vielleicht geht die Verwandlung unterschiedlich schnell«, überlegte ich. »Vielleicht kommt es darauf an, ob man noch an irgendetwas glaubt, was es eigentlich nicht geben kann.«
»Dann ist Luisa auf alle Fälle superschnell unwahrscheinlich. Sie glaubt nämlich an gar nichts mehr«, sagte Marlene leise.
Ich drückte ihre Hand und hoffte, das würde ihr etwas Trost geben. Wenigstens ein kleines bisschen.
Es wurde kalt. War das etwa schon wieder der Abend? Würde gleich das Licht ausgehen? Irgendetwas stimmte hier mit der Zeit nicht. Die äußere passte zumindest überhaupt nicht mit meiner inneren zusammen.
»Das Basiscamp!«, rief Marlene plötzlich und schreckte mich aus meinen Gedanken.
Vor uns stand ein großes Igluzelt.
»Ein Zelt«, sagte ich überflüssigerweise.
»Vielleicht ist Luisa dadrin«, sagte Marlene und rannte darauf zu.
Sie riss den Reißverschluss des Eingangs auf und krabbelte

hinein. Nur einen winzigen Augenblick später kam sie wieder heraus.

»Sie ist nicht hier«, sagte sie enttäuscht. »Wir müssen weiter und das andere Camp finden.«

Doch in dem Moment ging das Licht aus.

»Verdammt nochmal!«, schrie Marlene.

Fluchen nutzte nichts, das wussten wir bereits. Ich inspizierte das Innere des Zeltes. Auf dicken Fellen lagen Daunendecken, Kissen und Schlafsäcke.

»Wenigstens ist es gemütlich«, versuchte ich uns zu trösten.

Bei den Vorräten fand ich Wasser, die tollen Kekse und tatsächlich eine Packung Wiener Würstchen in Aspik. Marlene hatte sich vor dem Zelt auf einen Baumstamm gesetzt und ihren Kopf in den Händen verborgen. Ich legte ihr eine Decke um die Schultern. Dann beeilte ich mich, Holz und zwei Stöcke zum Würstchengrillen zu sammeln und eine Feuerstelle zu bauen.

Als das kleine Feuer endlich brannte, setzte ich mich neben Marlene auf den Baumstamm und spitzte die Stöcke mit meinem Taschenmesser an. Darauf spießte ich zwei Wiener Würstchen.

»Möchtest du eins?«, fragte ich Marlene.

Doch sie schüttelte den Kopf. Resigniert legte ich die Spieße beiseite. Ich hatte auch keinen Hunger. Trotz des Feuers vor uns und der Decke um unsere Schultern wurde mir kälter und kälter.

Wir hockten nebeneinander und starrten in die Flammen. Ich sah unseren weißen Atem miteinander verschmelzen. Wie eine kleine Wolke schwebte er über dem Feuer. Jedes Mal wenn wir ausatmeten, verdichtete sich diese Wolke, bis sie fest und schwer wie geschlagene Sahne über der Feuerstelle hing. Plötzlich begann es, daraus zu schneien. Die glitzernden Flocken fielen ins Feuer und tanzten mit den Flammen einen unmöglichen Reigen. Es sah superschön aus, obwohl ich das Gefühl hatte, dass hier mal wieder irgendetwas nicht stimmte. Aber das war in einem Paralleluniversum der Unwahrscheinlichkeiten wahrscheinlich nicht besonders verwunderlich.

»So etwas habe ich noch nie gesehen«, flüsterte Marlene so leise, dass ich es kaum hören konnte.

»Ich auch nicht«, wollte ich sagen.

Doch das ging nicht. Die Worte lagen in meinem Mund, aber ich konnte ihn nicht öffnen, um sie hinauszulassen. Zwar konnte ich noch meine Zähne voneinander lösen, aber meine Lippen gingen nicht mehr auf. Sie waren zusammengefroren! Was war denn jetzt los? Ich saugte an meinen Wangen und sammelte so viel warme Spucke wie möglich in meiner Mundhöhle. Mit meiner Zunge stieß ich von innen immer wieder gegen die Lippen.

»Mhmmm … mhmmmm«, machte ich dabei hilflos.

Ich versuchte, meine Arme zu heben. Doch die schienen gefesselt zu sein. Dann spürte ich klirrendes Eis in meinen Wimpern. Ich blinzelte und rollte mit den Augen, damit mei-

ne Augäpfel nicht auch noch in ihren Höhlen festfroren. Endlich gelang es mir, meinen Mund zu öffnen.
»Marlene«, krächzte ich.
»M…¿«, machte Marlene und kippte zur Seite.
»Marlene!«, krächzte ich noch einmal.
Ich versuchte aufzustehen. Doch das war unmöglich. Jetzt wurde mir klar, dass mein ganzer Körper mit einer Eisschicht überzogen und meine Glieder aneinander festgefroren waren. Panisch versuchte ich, mich irgendwie zu bewegen. Mehr als ein ganz leichtes Rütteln und Schütteln war jedoch nicht drin, und damit hatte ich überhaupt gar keine Chance. Die Eishülle hielt mich gefangen wie eine festgezurrte Zwangsjacke. Dann fühlte ich die stachligen Hände der Kälte tief in meinem Inneren nach mir greifen.
Plötzlich wurde mir warm. Vor Erleichterung hätte ich beinahe geweint. Während die Wärme durch meine Arme und Beine kroch, wurden meine Augenlider schwerer und schwerer. Ich wollte mich in diese wohlige Wärme einkuscheln und nur noch schlafen. Unendlich lange schlafen.
Jetzt ist es warm genug, dachte ich schläfrig. *Ihr könnt die Heizung wieder abdrehen.* Langsam wurde mir nämlich zu warm, geradezu heiß. So heiß, dass ich gerne meine Kleidung ausgezogen hätte, wenn ich dazu nicht zu müde gewesen wäre. In dem Moment begriff ich die schaurige Wahrheit: Das war die sogenannte Kälteidiotie – das Gefühl totaler Hitze kurz vor dem Ende. Ich erfror gerade!

Und Marlene? Marlene?

Ich spannte meine Muskeln an. Doch mit diesem kläglichen Versuch konnte ich die kalte Hülle nicht knacken. Vielleicht zitterte ich nur vor Anstrengung, aber ich bewegte mich zumindest wenige Zentimeter hin und her. ›Es geht immer noch ein Stück weiter, wenn man nur will‹, hörte ich Opo rufen. Ich schaukelte und schaukelte. Endlich verlor mein Körper das Gleichgewicht und fiel um. Das Eis splitterte, und ich rollte mich mit letzter Kraft ins Feuer.

Den ganzen Irrsinn kapierte ich nur Sekundenbruchteile später: Das Feuer war schuld an dem Eis! Das Holz verbrannte nicht, es lag völlig unberührt unter mir und hatte den Flammen nur als Ort für ihren eiskalten Tanz gedient. In diesem Feuer entstand keine Wärme, stattdessen zogen diese Flammen Energie aus ihrer Umgebung heraus und ließen alles unbeweglich und starr gefroren zurück.

Nun lag ich inmitten der Flammen. Sie züngelten gierig über mich, und ich fühlte eine neue Eiskruste auf mir wachsen. Schon bald hüllte die meinen Körper komplett ein und wurde dicker und dicker.

»MARLENE!«

Ich steckte alles in diesen letzten Schrei. Dann sah und spürte ich nichts mehr. Das Feuer hatte das Leben aus mir gezogen.

15. Die Mammutbäume

»Anton«

…

»Anton!«

…

»Anton!«

»Marlene«, murmelte ich glücklich.

Dann stöhnte ich auf. Das Wort hatte mir wie ein Messer in den Schlund geschnitten. Marlenes Gesicht war ganz nah. Ich konnte ihre langen Wimpern zählen. Es waren einhundertneunundneunzig.

»Du hast Sterne in den Augen«, flüsterte ich.

»O Anton«, sagte Marlene, und die Sterne lösten sich und flogen an die Decke. Von dort oben blinkten sie auf uns herab.

»Wo sind wir? Im Himmel?«, fragte ich.

Marlene lächelte. »Sieht das hier etwa wie der Himmel aus?«

Vorsichtig hob ich den Kopf. Mir wurde schwindlig. »Nein«, krächzte ich und blinzelte. »Eher wie ein Zelt am Nordpol.«
»Ja, mein lieber Anton«, sagte Marlene leise. »Wir sind in einem Zelt am Nordpol.«
Sie hob ihre Arme, öffnete große silberne Flügel und legte sie über mich.
»Du hast Flügel«, staunte ich.
Marlene lachte. Über mir glitzerten die Sterne.
»Bleib liegen, Anton. Es ist mitten in der Nacht. Du musst dich erholen.«
Marlene setzte einen Becher an meine Lippen. Gierig trank ich warmen süßen Tee. Er rann meine Kehle hinunter und nahm den brennenden Schmerz mit sich.

Als ich das nächste Mal zu mir kam, war um mich herum alles schwarz, und ich wusste einen Moment lang gar nichts mehr. Weder wo ich mich befand noch was passiert war.
Ich hörte Marlenes Stimme in der Dunkelheit wispern. »Hallo, Anton. Schön, dass du wieder bei mir bist.«
»Du weinst«, krächzte ich.
»Klar, was denkst du denn? Ich dachte, du bist tot!« Sie schluchzte laut auf, und ich spürte sie neben mir zittern. »Aber jetzt ist ja alles gut, stimmt's, Anton?«
»Stimmt, Marlene«, sagte ich. »Was ist denn eigentlich passiert?«

Plötzlich ging draußen das Licht an.
»Ein neuer Tag«, sagte Marlene.
Jetzt erinnerte ich mich wieder. Wir lagen auf dicken Fellen und unter warmen Decken in einem Zelt, dem zweiten Basiscamp. Ich hatte gestern Abend ein Feuer gemacht und wollte Würstchen grillen. Ich konnte mich aber nicht daran erinnern, das Würstchen auch gegessen zu haben.
»Was ist gestern Abend passiert?«, fragte ich noch einmal.
Marlene drehte sich zu mir und strich mir über den Kopf. »Wir saßen am Feuer, und ich war ganz in Gedanken. Da habe ich dich schreien gehört und gemerkt, dass ich komplett in Eis gehüllt und umgefallen war. Ich bekam plötzlich so eine irre Wut. Weil diese blöden Marvelhelden dieses bescheuerte Universum erfunden und uns hier reingebracht haben. Weil wir Luisa nicht finden und sie in Gefahr ist. Und weil ich ohne die Wut nur Angst gehabt hätte.«
Ich konnte hören, dass von dieser Wut noch immer etwas in ihr war.
»Zum Glück konnte ich die Eisschicht aufbrechen«, fuhr Marlene fort. »Ich bin wie eine Irre herumgerannt, damit ich wieder auftaute. Dann habe ich dein Kapuzenshirt ausgezogen und damit das Feuer gelöscht.« Sie schluckte schwer. »Anton, du hast lichterloh gebrannt und warst ein einziger Eisblock. Eigentlich weiß ich gar nicht so genau, wie ich das alles geschafft habe.«
»Adrenalin«, flüsterte ich.

»Das Eis begann zu schmelzen, aber du bist nicht aufgewacht. Egal, was ich gemacht habe.«
»Was hast du denn alles gemacht?«, fragte ich.
»Ich habe dich angeschrien und wollte dich so gerne schütteln, aber das habe ich mich nicht getraut. Ich hatte Angst, du würdest wie Glas zersplittern. Aber dann habe ich dir doch zwei Ohrfeigen gegeben«, sagte Marlene leise. »Entschuldige bitte.«
»Das musstest du doch tun«, sagte ich und glaubte plötzlich wieder die Finger der Kälte nach mir greifen zu spüren.
»Ich habe dich dann irgendwie hier ins Zelt getragen. Ich bin wahrscheinlich das stärkste Mädchen der Welt.«
Marlene kicherte ein bisschen. Es klang stolz, und das machte mich plötzlich und trotz allem sehr glücklich.
»Das bist du«, murmelte ich. »Außerdem hast du oben am rechten Auge einhundertneunundneunzig Wimpern.«
»Ach, Anton«, flüsterte Marlene. »Das wird schon wieder alles. Und gleich laufen wir weiter und finden Luisa. Nicht wahr?«
»Ganz bestimmt«, murmelte ich. »Marlene?«
»Anton?«
»Danke, dass du mir das Leben gerettet hast.«

Auf einem kleinen elektrischen Campingkocher kochte uns Marlene noch einen Tee. Nachdem wir den getrunken hatten, scheuchte sie mich hinaus.

»Du musst Gymnastik machen, damit sich deine Glieder wieder entkrampfen«, sagte sie. »Komm, ich mache auch mit.«

Es fühlte sich an, als würden mich Millionen Nadeln am ganzen Körper piksen. Aber Marlene hatte recht. Wir machten Hampelmann und Kniebeugen und sogar Liegestütze.

Als mich nur noch tausend Nadeln piksten, räumten wir unsere Sachen zusammen und machten uns auf den Weg. Im Vorbeigehen warf ich noch einen Blick auf die schreckliche Feuerstelle. Ein Schauer jagte mir über den Rücken. Ich wollte nur noch Luisa finden und dann endlich diesen furchtbaren Ort verlassen.

Wir folgten dem Weg durch den Wald. Die Laubbäume veränderten langsam ihr Aussehen. Sie wurden höher und schlanker und wechselten ihr Blätterkleid zu hängenden Ästen mit Nadeln. Jedoch nicht von Baum zu Baum. Stattdessen gab es Zwitterbäume, die mal mehr Laubbaum und mal mehr Nadelbaum waren.

»Diese Übergänge sind echt gruselig«, murmelte ich.

»Mhm«, machte Marlene und propellerte.

Wir schlurften in unseren Pantoffeln, so schnell wir konnten, zwischen den Mischbäumen hindurch. Schließlich wuchsen rechts und links von uns zwar reine, aber unglaublich mächtige Nadelbäume in die Höhe. Ich betrachtete sie argwöhnisch.

Eigentlich sahen die aus wie ganz normale Mammutbäume. Aber wer weiß? Mammutbäume sind schon in unserem Universum unglaublich. Sie werden über hundert Meter hoch und Tausende Jahre alt.
Wir folgten dem Pfad dazwischen mit schnellen Pantoffelschritten. Da glaubte ich plötzlich aus dem Augenwinkel etwas Huschendes wahrzunehmen. Der Erbsensuppenesser? Aber als ich den Kopf drehte, war nichts und niemand zu sehen. Aufmerksam beobachtete ich den schattigen Bereich unter und zwischen den mächtigen Bäumen. Keine Eichhörnchen flitzten die Stämme entlang, keine Vögel flatterten herum, keine Mäuse guckten aus irgendwelchen Löchern. Nirgendwo brummte ein Käfer oder krabbelte eine Ameise. Nicht einmal verlassene Spinnennetze spannten sich irgendwo. Nur die Stämme und Äste selbst knarrten und stöhnten im Bananenmilchwind laut wie alte Männer.
»Kein einziges Wesen scheint in diesem Wald zu leben«, sagte ich und hoffte, dass das stimmte.
»Das ist irgendwie gruseliger, als wenn sich hinter jedem Stamm ein Bär verstecken würde«, sagte Marlene.
»Oder ein Schweinebär.« Ich grinste sie an. »Es muss ja etwas Unwahrscheinliches sein.«
»Diese Stille ist supergruselig«, murmelte Marlene. Lächeln konnte sie leider nicht.
»Ja. Weil sie so abartig ist. Ein völlig unbewohnter Wald, etwas, womit man niemals rechnen würde.«

»Mhm«, machte Marlene. »Ein Universum der Unwahrscheinlichkeiten eben.«
Dann holte sie tief Luft und rief Luisas Namen. Ich fuhr vor Schreck zusammen. Zum Ächzen der Bäume und dem Wehen des Bananenmilchwindes schien kein anderer Laut zu passen.
»Vielleicht ist sie ja ganz in der Nähe«, murmelte Marlene entschuldigend.
»Klar«, sagte ich. »Vielleicht hockt sie ja auf einem Baum.« Dieses Mal konnte nicht mal ich selbst mehr darüber lachen.
Alle paar Meter riefen wir nun Luisas Namen. Doch unser Rufen verhallte ungehört. Zumindest antwortete niemand darauf.
»Diese Bäume sind SEHR hoch, findest du nicht?«, fragte Marlene irgendwann.
Wir blieben stehen und blickten nach oben. Je weiter mein Blick den gewaltigen Stamm des Baumes vor mir hinaufwanderte, desto schwindliger wurde mir.
»Ich glaube nicht, dass irgendjemand auf diesen Bäumen sitzt«, sagte ich.
»Es sieht aus, als würden sie schwanken und gleich umkippen«, flüsterte Marlene.
»Das ist doch immer so, wenn man an etwas Hohem entlang nach oben schaut«, sagte ich.
In dem Moment fiel der Baum vor uns einfach um. Vor Schreck blieben wir wie angewurzelt stehen. Zum Glück fiel er von uns weg und nicht auf uns drauf. Als das mordsmäßige

Krachen und Splittern verklungen war, sich die aufgewirbelte Erde, die unzähligen umherfliegenden Nadeln und abgerissenen Äste gelegt hatten und Marlene und ich wieder atmen konnten, sahen wir uns erschüttert um.

»Er hat nicht einen einzigen anderen Baum mit umgerissen, sondern sich einfach in den Zwischenraum gelegt. Obwohl die Bäume so eng stehen«, stellte ich verblüfft fest.

»Ich sage jetzt mal nicht, dass das ganz unmöglich ist, okay?«, sagte Marlene.

»Okay«, sagte ich.

Wir blickten den langen Stamm entlang, der vom Pfad weg tief in den Wald hineinführte. An seinem Ende schimmerte es silbern.

»Marlene«, sagte ich, »ich glaube am Ende des Stammes liegt der See, an dem das dritte Basiscamp ist. Wir können den Weg abkürzen, wenn wir einfach den Stamm entlanglaufen.«

»Mhm«, machte Marlene und propellerte.

Also kletterten wir auf den riesigen Stamm und liefen darauf entlang. Ich hatte fast ein schlechtes Gewissen, weil es mir Freude machte. Aber wir waren nicht hier, um Spaß zu haben, sondern um Marlenes Schwester zu retten. Auch wenn die gerade sehr schlimm pubertierte und Marlene ganz schrecklich behandelte.

Am Ende des Stammes mussten wir über die Äste klettern. Von der vordersten Spitze des Mammutbaumes konnten wir tatsächlich über einen See schauen. Ein langer schmaler Steg

führte hinaus. An seinem Ende, in der Mitte des Sees, lag ein ganz besonderes Boot.
»Ein Hausboot«, sagte Marlene.
»Das ist das Basiscamp«, sagte ich.
»Mhm«, machte Marlene. »Gehen wir da hin?«
Ich blickte über den See. »Na klar! Du hast doch gesagt, dass sich Luisa wahrscheinlich in einem der Camps verkriecht.«
»Es könnte aber auch eine Falle sein«, murmelte Marlene.
Ich schaute sie überrascht an. So was Blödes, Marlene hatte also auch gemerkt, dass irgendeine Gefahr in der Luft lag.
»Wie kommst du darauf, dass uns jemand eine Falle stellen will?«, fragte ich trotzdem. »Und wer überhaupt? Hier ist doch sonst niemand. Nur Luisa, und die sollen wir retten.«
Marlene zuckte die Schultern. »Ich habe die ganze Zeit das Gefühl, in Gefahr zu sein.«
»Das sind wahrscheinlich die Unwahrscheinlichkeiten«, sagte ich und versuchte, sehr überzeugend zu klingen. »Die können einen wirklich ganz verrückt machen.«
Marlene nickte. »Ja, bestimmt ist es das. Es könnte aber auch derjenige sein, der die Erbsensuppe im Flugzeug gegessen hat.«

16. Die Spiegelbilder

Ich nahm Marlenes Hand. »Lass uns dieses Boot dort genauer unter die Lupe nehmen. Vielleicht haben wir Luisa ja schon gefunden und können endlich nach Hause.«
Wir kletterten vom Baumstamm und liefen auf den Steg. Er war fest verankert und schwankte nicht. Kleine Wellen plätscherten friedlich vor sich hin. Ein großes Gefühl rumorte plötzlich in meinem Bauch. Es war so eine komische Mischung aus Sehnsucht und Heimweh. Im Sommer waren Mama, Paps und ich an der Müritz gewesen. Dort hatten wir ein kleines Holzboot gemietet, mit dem wir tagelang herumgefahren waren. Das Plätschern des Wassers an der Bordwand hatte sich genauso angehört wie hier.
Auf einmal hielt Marlene mich fest. »Anton«, flüsterte sie und starrte mich aus großen erschrockenen Augen an. »Guck mal, im Wasser!«
Ich warf einen Blick auf die kleinen Wellen, die um den Steg

glucksten. Die Wolken und der blaue Himmel über uns ließen sie wie flüssiges Silber aussehen. Etwas anderes Auffälliges konnte ich nicht entdecken.
»Was soll denn da sein?«, fragte ich leise.
»Da schwimmt etwas. Oder jemand.«
Ich blickte noch einmal genauer über die Oberfläche des Sees. Aber weder der Kopf eines Tieres noch eine große Flosse schauten daraus hervor.
»Unter Wasser«, wisperte Marlene. »Was immer es ist, es schwimmt unter Wasser.«
Ich machte mich vorsichtig von Marlene los und trat einen Schritt an die Stegkante.
»Ich sehe nichts, Marlene. Der falsche Himmel spiegelt sich im Wasser. Sonst sehe ich nichts.«
»Da war aber etwas, ich bin mir ganz sicher«, flüsterte Marlene aufgeregt. »Bleib lieber von der Stegkante weg, Anton. Vielleicht ist es gefährlich und zieht dich hinein.«
Ich musste zugeben, dass das eine ziemlich fiese Vorstellung war. Aber ich wollte auch nicht feige sein. Darum hockte ich mich hin, um noch genauer in das Wasser schauen zu können. Von den kleinen Wellen blickte ich mir jedoch nur selbst entgegen. Es war zwar ein wenig verzerrt, aber eindeutig mein Spiegelbild. Für ein Universum der Unmöglichkeiten war das geradezu lächerlich normal. Mein Spiegelbild grinste mir zu. Obwohl ich gar nicht gemerkt hatte, dass ich grinsen musste. Dann sah ich Marlenes Bild auftauchen.

Sie hatte sich neben mich gehockt und starrte ebenfalls ins Wasser.
»Alles in Ordnung«, sagte ich.
Plötzlich schoss ein Arm aus dem See.
»Arghhhh!«, keuchte ich und sprang auf.
»Das ist dein Spiegelbild!«, schrie Marlene und sprang ebenfalls in die Mitte des Stegs zurück.
Voller Entsetzen starrte ich auf die durchscheinenden Schwimmhäute zwischen den gespreizten Fingern, die nach mir griffen, mich aber zum Glück nicht erreichen konnten. Die bleiche Hand ballte sich zu einer Faust zusammen und fiel ins Wasser zurück.
Zitternd trat ich wieder an die Stegkante. Obwohl wir uns zwischendrin abgewendet hatten, waren unter den Wellen noch immer Marlenes und mein Spiegelbild zu sehen. Darüber erschien plötzlich ein anderes Bild von mir, jenes, das ich jetzt gerade auf die Wellen warf. Es schubste das vorherige zur Seite und wandte mir mein eigenes entsetztes Gesicht zu. Keuchend sprang ich wieder zurück, weg von der Kante, weg von diesem spiegelnden Wasser. Doch ich sah trotzdem noch Marlenes und mein erstes Abbild davonschwimmen. Ein Stück entfernt hoben sie ihre weißen Arme aus den Fluten und winkten uns zu.
»Ich will hier weg!«, schrie die echte Marlene, die neben mir stand und mindestens so zitterte wie ich.
Ich auch, dachte ich und schüttelte mich vor innerem Grausen.

Doch da kam mir ein Gedanke. Ich atmete ein paarmal tief durch, weil mir vor meinem eigenen Mut ein wenig bange war.

»Marlene, wir gehen gleich. Aber erst möchte ich noch etwas überprüfen.«

»Was denn?«, fragte Marlene leise. Sie war fast so bleich wie unsere Spiegelbilder, die weiter draußen durch die Wellen tobten. Immer wieder tauchte ein Kopf oder ein Arm aus dem Wasser auf. Wenigstens die schienen eine Menge Spaß zu haben.

»Ich will gucken, ob Luisa hier war.«

Marlene nickte bedächtig. »Du meinst, dann würden ihre Spiegelbilder auch hier im See schwimmen.«

»Ja«, sagte ich und schluckte wieder.

Ich hatte überhaupt gar keine Lust, mich noch einmal über die Wasseroberfläche zu beugen. Aber es war eine große Chance, herauszufinden, ob Luisa hier gewesen war oder nicht.

»Okay«, sagte Marlene. »Ich gucke mit dir hinein.«

Wir beugten uns wieder über die Stegkante und starrten ins Wasser. Es fiel mir unheimlich schwer, mein Spiegelbild zu ignorieren, das mich erst angrinste und dann mit gespreizten Schwimmhäuten hin und her schwamm, um meine Aufmerksamkeit zu erregen.

»Meinst du, sie sind richtig echt und lebendig?«, fragte Marlene schaudernd, während ihr Spiegelbild abtauchte und ein neues entstand.

»Ich hoffe, nicht«, sagte ich.
Dann gelang es mir endlich, ganz durch die silbernen Reflexionen des Himmels zu blicken. Dort unten tief im Wasser war ein regelrechtes Getümmel aus sich bewegenden Schemen und Schatten. Doch keiner davon war scharf und wirklich.
»Sie sind nicht real«, sagte ich. »Es bleiben Bilder, die langsam wieder verblassen.«
Darüber, dass sie ihre Arme aus dem Wasser heben und uns zuwinken konnten, wollte ich nicht nachdenken.
»Und warum können sie uns dann zuwinken?«, fragte Marlene aber leider.
»Na ja, vielleicht sind die Bilder eine Art Energie, die die Kraft hat, Wasser zu formen und nach oben zu drücken«, sagte ich ohne rechte Überzeugung.
»Aha«, machte Marlene. »Ja, wahrscheinlich ist es so.« Sie winkte vorsichtig einem ihrer Bilder zu. Das winkte lachend zurück. »Das ist so unglaublich gruselig.«
Inzwischen hatte ich einige sehr blasse Schemen entdeckt, die ich erkannte.
»Schau mal! Das sind Spiegelbilder von Doctor Doom, Mystique und von Doctor Strange«, rief ich.
Und von jemandem in der Silikonhaut, erkannte ich erschrocken. Doch das sprach ich nicht laut aus und hoffte, das wäre einer der drei Marvelhelden, bei dem Versuch, doch noch einmal unbeschadet das Universum zu betreten.
In der Zwischenzeit hatten sich fünf Spiegelbilder meiner

selbst winkend von mir verabschiedet und waren weggeschwommen. Ich flehte, dass es sie nicht so lange geben würde und sie schnell wieder verblassten.
»Da siehst du!«, rief Marlene. »Dort drüben. Da ist wirklich eine Luisa.«
»Dann war sie also hier am See«, sagte ich.
»Und ist hoffentlich noch im Hausboot«, sagte Marlene.
Luisas flimmerndes Spiegelbild beachtete uns nicht. Stattdessen schien es konzentriert in eine Richtung zu schauen. Dann schwamm es dort hin. Als ich meine Augen etwas zusammenkniff, sah ich mehrere bleiche Luisas um das Hausboot schwimmen. Manche hielten sich sogar daran fest, als versuchten sie, hineinzugelangen.
»Komm, Anton! Schnell, lass uns zum Boot laufen.«

Wir rannten Hand in Hand in der Mitte des Stegs auf den See hinaus. Beinahe hätte ich mich in den dämlichen Pantoffeln auf die Nase gelegt. Ich meinte, ein Kichern im See zu hören. Aber ich schaute nicht hin. Wenn die jetzt tatsächlich auch noch sprechen konnten, hätte ich nicht mehr gewusst, wie ich reagieren würde. Die bleichen Luisas und unsere eigenen Abbilder versuchten wir, so gut es ging, zu ignorieren. So richtig gut ging das natürlich nicht.
»Die ist zu«, presste Marlene hervor und ruckelte an der Tür des Hausbootes herum.

Ich sah, dass sie ihre Zähne ganz fest aufeinanderbiss. Genauso wie ich. Ich hatte vor lauter Anspannung schon einen richtigen Kieferkrampf.

»Marlene, lass uns mal die Zähne voneinander lösen. Sonst kriegen wir noch Kopfschmerzen«, sagte ich.

»Ich beiße meine Zähne gar nicht absichtlich zusammen«, presste Marlene zwischen ihre fast blutleeren Lippen hindurch. »Das passiert ganz automatisch, weil diese, diese –«

»Energieformen?«

»Genau. Weil diese Energieformen so entsetzlich gruselig sind. Schlimmer als Gespenster. Also, wenn es die gäbe.«

Ich nickte. »Trotzdem. Wir wissen ja, dass die da im See nicht echt sind.«

»Haut ab!«, schrie da jemand sehr Echtes aus dem Inneren des Hausboots.

»Luisa!«, rief Marlene. »Luisa, du bist dadrin. Gott sei Dank!«

Vor Erleichterung hätte ich mich beinahe übergeben. War ich froh, dass wir unsere Mission so babyleicht gelöst hatten. Dankbar verdrängte ich alles andere, auch das beunruhigende Gefühl, nicht alleine im Universum unterwegs zu sein, und das bleiche Abbild der Silikongestalt im See.

»Ihr sollt abhauen!«, schrie Luisa noch einmal.

»Mach auf! Bitte! Wir müssen mit dir reden!«, rief ich durch die Tür.

»Ha, was hast du blöder Zwerg schon mit mir zu bereden?«, erwiderte Luisa gehässig. »Ich werde euch auf gar keinen Fall öffnen. Außerdem stecke ich mir jetzt meine Kopfhörer in die Ohren. Dann kann ich euer blödes Geklopfe sowieso nicht hören. Also, lasst es lieber gleich bleiben. Oder nein! Klopft euch ruhig die Knöchel blutig! Das ist mir egal.«

»Du bist in Lebensgefahr!«, rief Marlene, aber Luisa antwortete nicht mehr.

»Ob sie schon irgendwie unwahrscheinlich ist?«, fragte ich beunruhigt.

»Auf keinen Fall! Das ist typisch Luisa. Dieses blöde Smartphone ist wie ihr zweites Herz. Vielleicht ist es sogar schon zu ihrem ersten geworden«, sagte Marlene und seufzte. »Was machen wir nun?«

Erst einmal sanken wir erschöpft auf das Holzdeck nieder und lehnten uns mit dem Rücken gegen die fest verschlossene Tür. Ein leises Plätschern ließ uns jedoch schnell wieder die Köpfe heben.

»Ach, du Sch–!«, schrie ich auf.

»Ghrhgrhg!«, machte Marlene.

An der Kante des Decks drängten sich die bleichen Luisas. Sie hatten die Ellenbogen und die Oberkörper auf das Holz gestützt, während ihre Beine im Wasser hingen. Manche waren klar umrissen, andere sahen aus wie sich langsam auflösende Nebelschwaden. Sie waren alle durchscheinend und irgendwie seltsam schwabbelig wie Quallen. Auf keinen Fall schienen sie aus fester Materie zu sein. Sie gaben keinen Mucks von sich, schauten uns aber trotzig, wütend oder sehr, sehr traurig an.

Marlene hatte sich die Hände vor das Gesicht geschlagen. Nun lugte sie zwischen ihren Fingern zu den bleichen Luisas hinüber.
»Nicht eine von ihnen lächelt«, flüsterte sie. »Das ist total traurig.«
»Ich glaube, sie wollen, dass wir Luisa retten«, sagte ich. »Also, die echte.«
Marlene nickte. »Das will ich auch.«
»Alles klar!«, sagte ich wild entschlossen. »Marlene, rutsch mal bitte zur Seite.«
Und dann tat ich etwas, das ich aus Filmen kannte und von dem ich nicht wusste, ob es tatsächlich funktioniert. Ich nahm Anlauf und trat mit voller Wucht gegen die Tür. Das alte Holz des Bootes krachte, und die Tür sprang auf. Die Luisas am anderen Ende des Decks nickten mir beifällig zu. Die echte Luisa auf dem Bett im Hausboot starrte mir mit schreckgeweiteten Augen entgegen. Dann zog sie ihre Kopfhörer aus den Ohren und blähte sich auf.
»Sag mal, spinnst du, du kleiner Giftzwerg!«
Sie sprang vom Bett auf und stellte sich in eine Angriffsposition wie Karate Kid. Es sah eher lustig als gefährlich aus.
»Kann deine Schwester Karate oder so was?«, fragte ich Marlene vorsichtshalber trotzdem.
»Quatsch«, antwortete sie.
Dann hüpften wir schnell zur Seite, weil Luisa vor Wut heulend auf uns zugerannt kam. Sie sauste zur Tür hinaus und

stoppte erst kurz vor den bleichen Luisas ihren rasenden Lauf. Schnaubend drehte sie sich wieder zu uns um. Ihre traurigen Spiegelbilder würdigte sie keines Blickes.
»Warum könnt ihr Mistkröten mich nicht einfach in Ruhe lassen?«, schrie sie uns an.
»Ist da irgendwas Unwahrscheinliches an Luisa?«, fragte ich Marlene flüsternd.
»Ich kann nichts entdecken«, antwortete sie.
Wir stellten uns in den Eingang zum Hausboot. Wir würden Luisa nicht einfach so wieder hineinlassen. Auch wenn sie jetzt die Tür nicht mehr abschließen konnte.
»Luisa«, beschwor ich sie. »Du bist in größter Gefahr. Wir sind gekommen, um dich zu retten.«
Während die bleichen Luisas bei meinen Worten mit den Köpfen nickten, hielt die echte Luisa einen Moment lang inne. Dann brach sie in schallendes Gelächter aus.
»Das ist der beste Witz, den ich je gehört habe. Die Zwerge wollen mich retten. Mich!«, rief sie. Dann wurde ihr Blick wieder sehr wütend. »Und jetzt verschwindet! Das Boot habe ich entdeckt. Es gehört also mir.«
»Findest du denn deine lebendigen Spiegelbilder gar nicht gruselig?«, fragte Marlene und schaute erschauernd nach den bleichen Gestalten.
»Ehrlich gesagt, finde ich mein Spiegelbild ziemlich gut«, knurrte Luisa. »Ich habe es sogar tausendmal lieber als eure Krötengesellschaft. Los, haut endlich ab!«

»Sie kann sie nicht sehen«, sagte Marlene zu mir.
»Was irgendwie logisch ist«, sagte ich.
In dem Moment klackerte etwas auf die Holzbretter des Decks. Luisa stutzte. Neben ihrem Fuß lag die Spange, die sie eigentlich an die linke Ohrmuschel geklemmt trug und die von vorne so aussah, als hätte sie zehn Ohrstecker.
»Wieso ist die denn jetzt runtergefallen«, schimpfte Luisa und hob das Schmuckstück auf. Dann griff sie an ihr linkes Ohr.
»O mein Gott!«, flüsterte Marlene neben mir und schwankte ein wenig.
Ich hatte es auch gesehen. Luisas linkes Ohr war nicht mehr da. Es war einfach verschwunden. Das merkte Luisa in dem Moment auch, und totales Entsetzen zeichnete sich auf ihrem Gesicht ab.
»Mein Ohr«, flüsterte sie rau und starrte uns an. »Verdammte Scheiße! Mein Ohr ist weg! Mein Ohr! Mein Ohr! Mein Ohr! Wo ist mein Ohr?« Luisa schrie voller Panik und rannte wie eine Verrückte im Kreis.
Die bleichen Luisas hatten sich vorsichtshalber ins Wasser zurückgezogen. Dort bildeten sie einen gruseligen Geisterpulk, der todtraurig die echte Luisa auf dem Steg beobachtete.
»Was ist hier los?«, schrie Luisa und zeigte zitternd mit dem Finger auf uns. »Was wisst ihr, was ich nicht weiß?«
Ich schaute Luisa völlig perplex an. Wie konnte sie nicht bemerkt haben, dass sie sich in einem unwahrscheinlichen Paralleluniversum befand?

»Das ist so typisch«, sagte Marlene mit zitternder Stimme und starrte auf die Stelle, wo eigentlich Luisas linkes Ohr hätte sein müssen. »Nie kriegst du mit, was um dich herum passiert. Was dachtest du denn, wo du hier bist?«

Doch bevor Luisa antworten konnte, verschwand auch ihr Zeigefinger, der eben noch auf uns gedeutet hatte. Luisa riss ihre Hand hoch und betastete die nun leere Stelle zwischen ihrem Daumen und dem Mittelfinger der rechten Hand. Dann sackte sie in sich zusammen und fiel ohnmächtig auf die Holzplanken. In dem Moment tauchten ihre bleichen Spiegelbilder unter die Wasseroberfläche. Das wirkte so endgültig, dass ich völlig durchdrehte.

»Hey, ihr!«, brüllte ich ihnen nach. »Bleibt da! Sie wird sich nicht auflösen, hört ihr! Marlene und ich werden Luisa retten!«

»Anton, was sollen wir nur machen?«, jammerte Marlene. »Wie kriegen wir sie aus diesem Universum raus, bevor gar nichts mehr von ihr übrig ist?«

»Wir müssen Kontakt zu den Marvelhelden herstellen!«, rief ich. »Hier müssen doch irgendwo Kameras sein.«

Wir liefen zur ohnmächtigen Luisa. Marlene nahm vorsichtig ihren Kopf und bettete ihn auf ihrem Schoß. Ich rannte etwas sinnlos und sehr verzweifelt den Steg auf und ab.

»Hey!«, schrie ich. »Wir haben sie. Hört ihr? Wir haben Luisa gefunden! Sie löst sich auf. Holt uns hier ganz schnell raus!«

Aber niemand antwortete, und es öffnete sich auch keine verborgene Tür im falschen Himmel, um uns hinauszulassen.

17. Übern See, übern See

»Wir müssen sie knebeln und fesseln«, sagte Marlene mit plötzlich fester Stimme.
»Wie bitte?« Verwirrt blieb ich neben den beiden stehen.
»Wir müssen Luisa knebeln und fesseln«, wiederholte Marlene. »Sie würde nie mit uns kommen, und sie kann sehr laut schreien.«
»Du hast recht. Wir haben keine Zeit für Widerstand«, sagte ich.
Dann lief ich ins Hausboot und suchte nach einem Seil. Leider gab es dort außer dem, mit dem das Boot am Steg vertäut war, kein weiteres. Also zerrte ich das Bettlaken von der Liege. Zum Glück war Luisa noch nicht aufgewacht, als ich zurückkam. Sie lag ganz still und friedlich auf Marlenes Schoß. Ich fand sie etwas zu friedlich.
»Vielleicht hat sie sich ernsthaft verletzt und ist ins Koma gefallen«, befürchtete ich.

»Nein, sie schläft«, sagte Marlene und strich Luisa über den Kopf. Dabei achtete sie darauf, dass sie auf keinen Fall die Stelle berührte, an der eigentlich ein Ohr hätte sein müssen. »Aber wir müssen uns beeilen.«
Schnell riss ich einige Streifen aus dem Bettlaken, und wir fesselten Luisa.
»Jetzt müssen wir noch die Hände und Füße miteinander verbinden«, sagte Marlene.
»Du meinst wirklich, wir sollten sie zu einem richtigen Paket schnüren? Das tut bestimmt weh«, befürchtete ich.
»Luisa ist stark«, sagte Marlene. »Und sie hat einen noch stärkeren Willen. Dagegen hätten wir einfach keine Chance.«
Also verschnürten wir Luisas Hände und Füße miteinander auf ihrem Rücken. Davon wachte sie schließlich auf. Ich sah, wie sie die Augen aufriss und Luft holte. Sie öffnete den Mund und wollte losschreien. Darum nahm ich schnell die schrumpelige Kartoffel von Tante Uli aus meiner Hosentasche und steckte sie ihr in den Mund. Bevor Luisa sie wieder ausspucken konnte, knebelte ich sie mit einem Stück des Lakens. Ich hörte, wie sich ihre Zähne in der Kartoffel verbissen, und sah, dass Luisa ausgesprochen wild mit den Augen rollte.
»O Mann«, stöhnte ich, denn das Ganze fühlte sich überhaupt nicht gut an. »Wir müssen sie aber genau beobachten. Falls ihre Nase verschwindet, müssen wir –«
»Anton!«, schrie mich Marlene an. »Hör auf! Okay? Es darf

nichts mehr von Luisa verschwinden. Wir müssen sie vorher hier rausbringen.«

In dem Moment sah ich das kleine Boot. Es kam über den See auf uns zugeschossen und donnerte unsanft gegen den Steg.

»Gott sei Dank, die Helden haben uns ein Boot geschickt«, sagte ich.

Mit vereinten Kräften hievten wir die gefesselte Luisa herum. Sie wehrte sich trotz der Verschnürung wie ein zappelnder Riesenfisch, und das Ganze war gar nicht so einfach. Schließlich hatten wir sie jedoch an die Stegkante gerollt und gaben ihr einen Stups. Sie landete in der Mitte des Bootes. Wir sprangen hinterher. Da erst wurde mir klar, dass das Boot weder einen Motor noch Ruder oder Paddel hatte.

»Na, toll, ihr Superhelden!«, schrie ich über den See. »Und jetzt?«

Plötzlich ging ein kleiner Ruck durch das Boot, und es begann, sich erst langsam und dann immer schneller fortzubewegen.

»Was ist das?«, fragte Marlene. »Eine Strömung?«

»Ich glaube, eher nicht«, sagte ich und schluckte.

Ich hatte eine ganz bestimmte Ahnung. Als ich schließlich über die Bordwand ins Wasser schaute, sah ich die zu hundert Prozent bestätigt. Unzählige bleiche Hände hielten den Rumpf und stießen ihn vorwärts. Die bleichen Luisas schoben uns über den See! Es war genauso gruselig, wie es klingt.

»Wenn du mir versprichst, nicht ins Wasser zu springen und

auch sonst kein Theater zu machen, dann binde ich dich los«, sagte Marlene zu Luisa.
Die lag auf dem Bauch, hatte den Kopf zur Seite gedreht und warf uns brennende Blicke zu, die in irgendeinem anderen Universum garantiert töten konnten. Doch sie nickte mit dem Kopf. Marlene löste die Rückenfessel und das Band an Luisas Füßen. Nur die Hände ließ sie zusammengebunden.
»Die Kartoffel lassen wir vorsichtshalber auch in ihrem Mund«, sagte Marlene.
Luisa schüttelte wie wild den Kopf, und ich nickte.

Der See endete abrupt, das Wasser blieb plötzlich einfach zurück. Es stürzte weder nach unten, noch schoss es nach oben. Es stand einfach still an der Kante, die das Ende dieser Welt bedeutete, an der Kante, über die wir nun laut schreiend mit dem Boot flogen.
Obwohl ich das ja schon einmal erlebt hatte, war es doch wieder superschrecklich. Todesangst kann man nicht einfach abstellen. Und die Marvelhelden schienen ja auch hin und wieder schlimme Fehler zu machen.
Doch während das Boot unter unseren Füßen im Blau des falschen Himmels verschwand, blieben wir drei plötzlich wie von Haken gehalten in der Luft hängen. Ich schaute mich zwischen den Wattewolken um. Dann öffnete sich tatsächlich eine Klappe im Himmel. Heraus trat ein Astronaut.

»Das ist doch nicht euer Ernst!«, rief ich.
Ich meinte damit allerdings nicht den Astronautenanzug, sondern die lange Stange in der Hand des Anzugträgers. Diese Art Stange kannte ich. Der Bademeister im Schwimmbad hat so eine. An ihrem Ende ist ein metallener Ring, mit dem er kleine Nichtschwimmerkinder vom Beckenrand aus am Bauch hochziehen kann. Mit dieser Stange versuchte nun Doctor Strange, der im Anzug steckte, nach Luisa zu fischen. Durch die Lautsprecher kam ein lautes Schnaufen. Doctor Stranges schweres Atmen in der Raumanzugatmosphäre wurde eins zu eins in den blauen Himmel seines erschaffenen Universums übertragen.
»Wo ist dieser weiße Raum? Der war wenigstens irgendwie gemütlich«, fragte Marlene.
»Wir haben für diesen Fall keine andere Lösung, da wir ihn nicht vorgesehen hatten«, erklärte der Hausmeister im Astronautenanzug zwischen zwei lauten Atemzügen. »Den weißen Raum können wir nicht so oft materialisieren. Das kostet zu viel Energie.«
Marlene und ich sahen ihm völlig verblüfft eine Weile dabei zu, wie er versuchte, Luisa durch die Schlaufe zu fädeln. Luisa selbst schien immer noch in Schockstarre vom freien Fall zu sein. Ihre Augen waren weit aufgerissen. Weder blinzelte sie, noch bewegte sie sich sonst irgendwie. Ich konnte aber sehen, dass sie atmete.
»Ich fasse es nicht«, sagte ich schließlich zu Marlene.

Dann gab ich der Wolke neben mir einen Schubs. Sie sauste zu Luisa und schob diese in Richtung Astronaut. Dort schlug Luisa etwas unsanft gegen dessen Helm. Zum Glück stellte sich Doctor Strange nicht länger so ausgesprochen ungeschickt an wie mit der langen Stange. Er griff Luisa und zog sie schnell durch die Klappe. Vermutlich in unsere Welt. Die Tür schlug mit einem lauten *Rums* zu.

»Ähm! Halloooo!«, rief Marlene. »Haben Sie nicht etwas vergessen?«

»Nein«, schnaufte es durch die Lautsprecher.

Dann zerriss ein nicht enden wollender Urschrei den Himmel.

»Verdammt, was ist denn mit der los?«, schnaufte Doctor Strange dazwischen.

»Er hat den Knebel und die Kartoffel entfernt«, stellte Marlene fest.

Es dauerte eine Weile, bis Luisas Schrei und das anschließende Weinen verstummten. Ebenso wie Doctor Stranges Fluchen. Doch schließlich wurde es still. Sehr, sehr still. Marlene und ich hingen nach wie vor in der Atmosphäre des Paralleluniversums herum.

»Warum lassen sie uns nicht raus?«, fragte Marlene. »Inzwischen hat sich Luisa doch sicher beruhigt.«

»Ich weiß es nicht«, sagte ich und schluckte äußerst beunruhigt. Doctor Stranges geschnauftes Nein, dessen Sinn ich nicht verstanden hatte, hallte in meinem Kopf wider.

Da öffnete sich die Klappe ein zweites Mal. Der Astronaut

trat wieder heraus. Dieses Mal hielt er eine Angel in der Hand. Ich atmete trotzdem erleichtert auf. Er schleuderte das Gewicht am Ende der Sehne in unsere Richtung. Weil er uns verfehlte, zog er die Angel wieder ein, indem er an der Kurbel drehte.

»Auffangen!«, keuchte Doctor Strange und warf die Angel erneut aus.

»Das habe ich ja versucht«, sagte ich. »Aber Sie müssen besser zielen.«

Dieses Mal erwischte ich das Bleigewicht. Doch anscheinend hatte Doctor Strange die Angel im selben Moment zurückgezogen. Denn das Gewicht rutschte mir aus der Hand. Aber etwas anderes blieb drin.

»Ein Brief? Ist das etwa ein Brief?«, fragte Marlene mit zitternder Stimme. »Warum schreiben die uns einen Brief, wenn sie doch auch mit uns reden könnten?«

In dem Moment ertönte der *Rums* der sich schließenden Klappe. Doctor Strange war in unsere Welt zurückgetreten und hatte uns hier hängen lassen! Allerdings nicht lange. Plötzlich sausten wir wie losgelassen in die Tiefe.

»Ich hasse daaaaaaaas!«, schrie ich, bis wir wieder unsanft auf einer Wiese landeten.

»Das kann doch nur ein schlechter Witz sein«, schnaufte Marlene neben mir und rückte ihre Brille zurecht. »Sollen wir etwa noch den Postboten für die spielen, bevor wir rausdürfen?«

»Oder die Helden haben sich einfach nicht getraut, uns die

Wahrheit zu sagen«, sagte ich und starrte auf den Umschlag in meiner Hand.

»Die Wahrheit worüber?«, fragte Marlene.

Ich schaute auf. Marlenes Lippen zitterten, und sie hatte die Augen viel zu weit offen. Obwohl ich selbst plötzlich ganz mutlos war, wollte ich sie gerne trösten. Ich konnte aber nur wie ein stummer Fisch meinen Mund ein paarmal auf- und zuklappen.

»Ist schon okay«, sagte Marlene leise.

Ich schluckte und konnte endlich wieder sprechen. »Dieser ganze Nachhaltigkeitswettbewerb, diese blöde Preisverleihung, das war doch alles nur Show«, sagte ich. »Hier geht es um etwas ganz anderes. Die haben uns hier reingelockt, weil hier irgendetwas nicht in Ordnung ist und sie selbst nicht mehr reinkönnen.«

»Mhm«, machte Marlene. »Vielleicht steht das ja alles in dem Brief.«

»Richtig«, sagte ich und riss den Briefumschlag auf.

Ich nahm das Blatt Papier heraus. »Was für eine Sauklaue«, murrte ich.

Doch ich konnte sie entziffern und begann, laut vorzulesen.

Kinder,
bevor wir eine lange Rede starten, kommt hier der kurze Sinn.
Wir brauchen Euch.
Wir haben den Wettbewerb veranstaltet, um zwei, drei kluge

Kinder zu finden. Mystique hatte die Idee. Doch dann kamen uns Zweifel, und wir zogen den Wettbewerb wieder zurück. Zu unserem Glück hattet Ihr uns da bereits geschrieben.
Wie wir Euch schon sagten, ist unser Paralleluniversum eigentlich nicht gefährlich. Zumindest solange man ein Kind ist. Wir selbst können nicht mehr hinein. Doch voller Sorge mussten wir leider feststellen, dass einige Unwahrscheinlichkeiten hinausgelangten. Wie das passieren konnte, ist uns ein Rätsel. Es gibt wohl irgendwo ein Loch zwischen beiden Universen. Dieses muss sofort gefunden und geflickt werden! Das sollt Ihr tun.
Das Ganze ist eine äußerst wichtige Mission, denn die hinausgelangten Unwahrscheinlichkeiten bedrohen das Gleichgewicht der Erde und können zu ihrem Untergang führen. Wir haben alle keine Wahl!

Manchmal hasse ich es wirklich, wenn ich recht habe.

18. Die Wahrheit

»Zumindest geben sie sich nicht mit irgendwelchen freundlichen Floskeln ab«, brummte ich.

»Sie haben diesen Wettbewerb wirklich nur gemacht, um kluge Kinder mit guten Ideen zu finden«, flüsterte Marlene erschüttert.

»Wir haben blöderweise gewonnen«, sagte ich.

»Was für ein tolles Kompliment«, knurrte Marlene.

»Vielleicht waren wir aber auch die Einzigen, die so dumm waren, bei dem falschen Wettbewerb mitzumachen«, sagte ich.

»Das ist echt nicht zu fassen! Das war alles ein fieser Plan, weil sie nicht mehr in ihr eigenes Paralleluniversum hineinkönnen«, schimpfte Marlene. »Sie hätten uns doch auch einfach fragen können, ob wir das Loch suchen und stopfen würden.«

»Hättest du es denn gemacht, wenn sie dich gefragt hätten?«, fragte ich.

»Warum nicht?«
»Diese Welt ist unberechenbar und sehr wohl gefährlich, wie wir ja wissen«, sagte ich.
Marlene schaute sich um. Ich folgte ihren Blicken über das grüne Gras, das im Bananenmilchwind wogte, den blauen Wölkchenhimmel und die buschige Begrenzung an der Kante.
»Mhm«, machte sie.
»Die Marvelhelden denken zwar, dass sie eigentlich nichts Gefährliches geplant hatten, aber am Feuer wären wir fast gestorben«, sagte ich. »Diese Welt hat sich weiterentwickelt. Die drei haben hier gar nichts mehr unter Kontrolle. Darum wissen sie ja auch nicht, wie die Unwahrscheinlichkeiten hinausgelangen.«
»Du hast recht, ich wäre nicht gegangen, wenn sie mich gefragt hätten«, sagte Marlene.
»Ich auch nicht«, sagte ich. »Ich habe sowieso niemals vorgehabt, mal die Welt zu retten oder ein Held zu sein.«
Ich spürte eine unglaubliche Wut in mir wachsen, und dann reichte es mir ganz und gar. Ich sprang auf die Füße und stampfte auf den Boden dieses bescheuerten Paralleluniversums. Ich reckte wütend die Fäuste in die Höhe und schüttelte sie. »Ihr Idioten, Versager und Pseudohelden!«, schrie ich. »Ihr Verbrecher, Kinderentführer und Kriminellen! Was denkt ihr euch eigentlich? Oder habt ihr zu wenige Gehirnzellen, um zu denken? Zumindest hattet ihr ja zu wenige, um euch mal zu überlegen, was für eine Scheißidee es ist,

ein Paralleluniversum zu erschaffen, das sich irgendwann nicht mehr kontrollieren lässt! Und jetzt sollen wir eure heißen Kartoffeln aus dem Feuer holen und eure versalzene Suppe auslöffeln? Das machen wir auf gar keinen Fall! Holt uns sofort hier raus!«

Dann hatte ich mich leergeschrien. Ich schüttelte noch einige Male meine Faust. Doch schließlich ließ ich die auch wieder sinken.

»Ich glaube, das bringt nichts«, sagte Marlene traurig und propellerte ihren Zopf. »Sie werden uns nicht hinauslassen.«

Ich setze mich wieder neben sie. »Ich weiß«, brummte ich heiser. »Weil wir ihre einzige Chance sind.«

»Weil wir die einzige Chance für die ganze Welt sind«, sagte Marlene und begann zu weinen. Ich rückte noch ein Stück näher an sie heran und legte meinen Arm um ihre Schultern.

»Marlene, nicht weinen. Wir kommen hier wieder raus, okay? Ganz sicher«, sagte ich und hoffte, dass das stimmte.

»Aber wir müssen vorher das Loch finden«, schniefte Marlene und lehnte ihren Kopf gegen meine Schulter. Ich hielt sie noch etwas fester. »Sonst bringt es nämlich gar nichts, wenn wir wieder in unsere Welt zurückkommen, weil die dann vielleicht gerade zerbricht.«

»Ich weiß nicht, ob es wirklich so schlimm kommt«, sagte ich. »Vielleicht haben die Marvelhelden auch übertrieben.«

»Weißt du noch, als sich das Schild vom Institut veränderte? Das war bestimmt so eine entflohene Unwahrscheinlichkeit.«

»Na, besonders gefährlich kommt mir die aber nicht vor«, sagte ich.
»Und wenn sie sich auch selbst vergrößern und verändern kann?«, fragte Marlene.
Sie hatte recht. In dem Fall konnte sie gefährlich werden. Unendlich verstärkt würde diese Unwahrscheinlichkeit dazu führen, dass man vielleicht nie wieder einen geschriebenen Text so verstehen konnte, wie er gemeint war, weil jeder etwas ganz anderes las.
»Das Schild hatte sich zu verschiedenen Anagrammen verändert«, sagte ich.
»Was sind Anagramme?«, fragte Marlene leise.
»Das sind Worte oder Sätze, die nur aus den Buchstaben eines anderen Wortes oder Satzes gebildet werden«, erklärte ich. »Auf dem Schild steht ja eigentlich *Institut der Zukunft*. Ich las im ersten Moment *Dient Zirkus Tutu*. Zu einem richtigen Anagramm fehlen zwar einige Buchstaben, aber hier funktioniert ja einiges nicht besonders gut. Nicht mal die Unwahrscheinlichkeiten.«
»Stell dir mal vor, was los wäre, wenn das mit allen Schildern oder mit allen Zeitungen, Büchern und allen geschriebenen Worten passieren würde«, sagte Marlene und zwirbelte ihren Zopf noch etwas schneller als gewöhnlich.
Das wollte ich mir gar nicht vorstellen. Stattdessen fielen mir die Bretterschnecken in der Aula ein, der Kaugummiballon auf der Turmfrisur unserer Biolehrerin und die nach oben fal-

lenden Regentropfen, die ich aus dem Fenster in der Schule gesehen hatte.

»Diese Unwahrscheinlichkeiten gehen auch auf die Menschen über«, sagte ich. »Vor dem Elterngespräch beim Schulleiter mussten meine Mutter und ich plötzlich wie verrückt lachen, und Frau Wolfert ist vom Stuhl gefallen.«

»Sie ist wirklich vom Stuhl gefallen?«, fragte Marlene und kicherte ein bisschen.

»Ja. Und weißt du noch Tante Uli am ersten Schultag? Sie hat mich zu einem Tänzchen aufgefordert.«

»Mhm«, machte Marlene. »Das war aber keine Unwahrscheinlichkeit.«

»Ach so«, sagte ich. »Vielleicht fallen aber allen Erwachsenen die Ohren und Finger ab wie Luisa.«

»Anton! Hör auf! Das ist ja furchtbar«, fuhr mich Marlene heftig an und befreite sich aus meinem Arm.

»Wir müssen wirklich dieses Loch stopfen«, murmelte ich.

»Vorher müssen wir es aber erst einmal finden«, sagte Marlene und stand auf.

Sie schirmte ihre Augen mit der Hand ab und spähte in die Weite der grünen Wiese. »Wo sollen wir denn anfangen zu suchen?«

»Wir müssen nach irgendetwas Ungewöhnlichem Ausschau halten«, sagte ich, und wir brachen beide in lautes Lachen aus. »Einfach nur in Pantoffeln herumzulatschen und in einem Universum der Unwahrscheinlichkeiten nach seltsamen Din-

gen zu suchen, ist schwieriger, als eine Nadel im Heuhaufen zu finden, und darum völlig idiotisch«, sagte ich.
»Warum haben sie uns keine weiteren Informationen gegeben?«, überlegte Marlene.
»Vielleicht haben sie selbst keine«, sagte ich.
Oder das, was sie bereits wussten, war so schrecklich, dass sie sich nicht trauten, es uns mitzuteilen. In dem Moment vermeinte ich, wieder einen herumhuschenden Schatten zwischen den Büschen wahrzunehmen.
Ich stand auf und nahm Marlenes Hand. »Okay, lass uns das vierte Basiscamp suchen. Vielleicht können wir dort Kontakt zu den Helden aufnehmen. Und bis dahin halten wir einfach die Augen offen.«
Wir liefen los. Weltretter in Pantoffeln. Es war beinahe zum Totlachen.
»Das erste Camp war ein Flugzeug, das zweite ein Igluzelt, das dritte ein Hausboot. Vielleicht ist das vierte ein Zugwaggon. Oder eine Telefonzelle«, überlegte ich.
»Warum denn eine Telefonzelle?«, fragte Marlene.
»Keine Ahnung, war nur so eine Idee«, antwortete ich. »Zumindest könnten wir dann die drei Marvelheinis anrufen.«
»Oder unsere Eltern«, sagte Marlene leise.
Und da sahen wir die Tür. Sie stand einfach auf der Wiese und war eine ganz normale Tür. Sie war sogar eine stinknormale Tür.
»Da steht eine Tür mitten auf der Wiese«, sagte Marlene.

Die Tür war geschlossen. Wir blieben davor stehen.
»Was meinst du, was passiert, wenn wir die öffnen und hindurchgehen?«, fragte Marlene.
»Wahrscheinlich stehen wir immer noch auf der Wiese, nur eben auf der anderen Seite der Tür«, sagte ich.
»Im Universum der Unwahrscheinlichkeiten ist das eher unwahrscheinlich«, meinte Marlene.
»Stimmt«, sagte ich, »also befindet sich dahinter wohl ein Klo.«
»Musst du mal, oder wie kommst du dadrauf?«, fragte Marlene.
»Ich habe so ein Gefühl«, antwortete ich. »Müssen muss ich nicht, aber vielleicht sollten wir trotzdem durch die Tür gehen.«
Ich drückte die Klinke nieder. Die Tür schwang auf und gab tatsächlich den Blick auf ein Klo frei. Doch das war besetzt, denn auf der Kloschüssel saß jemand!
»Tante Uli!«, rief Marlene halb erstaunt und halb froh.

19. Die dünne Stelle

Tante Uli machte ein etwas verkniffenes, aber sehr lustiges Gesicht. Allerdings nicht, weil sie so überrascht war, uns zu sehen. Sie war beschäftigt mit etwas, das man nicht gerne in der Öffentlichkeit macht. Wir störten sie quasi in einem höchst intimen Moment. Schnell schloss ich die Tür wieder.

»Tante Uli sitzt hier im Paralleluniversum mitten auf der Wiese und ka–«

»Und erledigt ein größeres Geschäft«, unterbrach mich Marlene und blitzte mich empört an. Dann riss sie entsetzt die Augen auf. »Anton, sie ist erwachsen. Sie muss hier raus!«

Ich nickte und klopfte gegen die weiße Tür. Darauf klebte ein Aufkleber, der mir irgendwie bekannt vorkam.

»Tante Uli? Bitte, Sie müssen ganz schnell fertig werden und diesen Ort verlassen. Er ist gefährlich.«

»Ich bin gleich fertig«, rief Tante Uli. »Sie können sich inzwischen etwas Bequemes anziehen.«

»Ähm«, machte ich und wusste nicht, was ich dazu sagen sollte.
»Tante Uli! Es ist aber wichtig«, drängte Marlene.
»Na gut, dann warten Sie nicht auf mich und fangen schon einmal an, sich zu dehnen und warm zu machen«, rief Tante Uli und kicherte.
Marlene und ich schauten uns verwundert an.
»Warum denn?«, fragte ich.
Aber Marlene griff nach meinem Arm, hielt sich einen Finger vor die Lippen und schaute lauschend in den Wölkchenhimmel. Da hörte ich es auch. Opos Lachen. Von sehr weit her. Und seine Stimme. »Ich lege uns schon einmal die richtige Musik auf.«
»Sie hat gar nicht mit uns gesprochen«, stellte ich fest.
Marlene schüttelte den Kopf. »Nein, sondern mit deinem Opa.«
»Wir müssen da noch mal reinschauen«, sagte ich und zeigte auf die Klotür.
Marlene nickte und drückte die Klinke nieder. Tante Uli saß noch immer mit gerafftem Rock auf der Kloschüssel. Ihre Unterhose war mit rosa Herzen bedruckt und kringelte sich über ihren Schuhen um die Fußknöchel. Sie hatte einen kleinen Spiegel in der Hand. In dem betrachtete sie sich gerade, während sie ihren Mund mit einem blutroten Lippenstift nachschminkte. Mir war die ganze Situation etwas peinlich, darum blieb ich hinter Marlene stehen.

»Tante Uli?«, fragte Marlene.
Doch die malte sich weiter seelenruhig die Lippen rot, ohne Marlene zu beachten.
»TANTE ULI!!!«, schrie Marlene plötzlich so laut, dass ich vor Schreck beinahe umgefallen wäre.
Tante Uli warf sich selbst einen Kuss im Spiegel zu. Marlene starrte sie noch einen Moment lang an und schloss die Tür wieder.
»Sie sieht und hört uns nicht«, sagte Marlene.
»Tante Uli ist gar nicht hier«, sagte ich.
Ich ging einige Schritte zurück und kniff die Augen zusammen. Die weiße Tür auf der Wiese begann zu flimmern, und dann erkannte ich die Schemen eines Badezimmers mit Dusche, Waschbecken und Badewanne.
»Das scheint eine dünne Stelle zwischen den beiden Universen zu sein. Sie fließen ineinander über und mischen sich. Oder so ähnlich«, murmelte ich.
»Vielleicht können wir hier in unsere Welt zurück?«, überlegte Marlene.
»Du meinst, das könnte so eine Art Portal sein?«
Marlene nickte.
»Zumindest sieht es den Marvelhelden ähnlich, so ein schlampiges Portal zu entwickeln«, sagte ich. »Aber ich glaube, es ist keins. Es ist nur ein Fehler.«
Und dann erkannte ich es plötzlich. »Marlene, das ist unser Badezimmer! Tante Uli sitzt bei uns zu Hause auf dem Klo.«

Wir schauten uns beklommen an. »Dann sind die anderen einfach alle nach Hause gegangen, ohne nach uns zu suchen«, flüsterte Marlene.
Ich wusste auch nicht, was ich davon halten sollte, aber es schien die Wahrheit zu sein.
Wir warteten noch eine Weile, doch Tante Uli kam nicht aus der Toilettentür heraus. Als wir ganz sicher waren, dass sie längst fertig sein müsste, öffnete Marlene diese noch einmal. Auf der Kloschüssel saß niemand mehr. Tante Uli war gegangen.
»Du hast recht«, sagte Marlene traurig und zwirbelte ihren Zopf. »Das Ganze ist nur ein Fehler und kein Portal.«
»Hey«, sagte ich, »wir wollten doch sowieso erst mal dieses Loch stopfen.«
»Das hier könnte das Loch sein, oder?«, fragte Marlene.
Diese Idee war mir auch schon gekommen. Kurzentschlossen betrat ich die Toilettenkabine und schloss die Tür hinter mir. Ich stand jedoch einfach nur auf der anderen Seite mit dem grünen Gras unter und dem Wölkchenhimmel über mir. Ich schaute Marlene entgegen, in deren Gesicht sich schon wieder Entsetzen abzeichnete.
»Anton! Wo bist du?«, hörte ich Marlenes entsetzte Stimme durch die geschlossene Tür.
»Ich bin hier«, sagte ich und drückte schnell die Klinke nieder. Die Tür schwang wieder auf.
»Du warst plötzlich einfach verschwunden«, stammelte Marlene.

Ich zeigte ihr, wie diese Tür funktionierte. Nämlich gar nicht. Zwar konnte man unser Bad sehen, aber nicht hineintreten. In diesem Universum stand eine Tür auf der Wiese. Obwohl es tatsächlich unsere Badezimmertür war und wir sie anfassen konnten, war sie völlig sinnlos. Wir hatten ja noch nicht einmal irgendeinen Kontakt zu Tante Uli herstellen können.

Um ganz sicher zu sein, gingen, rannten und sprangen wir noch einige Male durch die Tür, rissen sie urplötzlich auf oder öffneten sie ganz vorsichtig.

»Hier kann wirklich nichts heraus- oder hineinkommen«, sagte Marlene. »Lass uns das nächste Basiscamp suchen.«

Wir liefen über die Wiese und ließen die einsame Badezimmertür hinter uns. Einige Male schauten wir uns noch hoffnungsvoll nach ihr um. Aber das war umsonst. Es passierte nichts. Trotzdem fühlte es sich seltsam an, die dünne Stelle zu unserer Welt einfach zurückzulassen.

Während wir weiterliefen, schauten wir uns aufmerksam um.

»Wie stellst du dir so ein Loch in einem Universum vor?«, fragte ich.

»Mhm.« Marlene zwirbelte ihren Zopf. »Keine Ahnung«, sagte sie. »Wie einen Abfluss oder wie ein Staubsaugerrohr?«

Ich musste lachen. »Na, dann finden wir es bestimmt schnell.«

Das hoffte ich zumindest sehr. Das unangenehme Gefühl, dass wir beobachtet, sogar verfolgt wurden, verstärkte sich nämlich in mir. Immer öfter glaubte ich, etwas oder jemanden um uns herumschleichen zu sehen.

Trotzdem fühlte ich mich schon bald innerlich genauso öde, wie die Gegend um uns herum aussah.
»Irgendwie ist dieses Paralleluniversum ein bisschen langweilig«, sagte ich und blieb stehen. »Ist wahrscheinlich eher eine Sparvariante.«
»Findest du wirklich?«, fragte Marlene. »Immerhin mussten wir uns mehrere Male gegenseitig das Leben retten. Das fand ich eigentlich nicht besonders langweilig.« Marlene grinste mich an und propellerte ihren Zopf.
»Klar, die Unwahrscheinlichkeiten sind wirklich irre und manche auch echt gefährlich, zumindest wenn man nicht darüber Bescheid weiß. Aber es gibt gar nicht so viele davon«, sagte ich. »Ich meine, ein Paralleluniversum der Unwahrscheinlichkeiten! Da stellt man sich doch sonst was Abgefahrenes vor!«
»Mensch, Anton! Aber das ist es doch auch!« Marlene schüttelte ungläubig ihren Kopf. »Kann es sein, dass du einfach zu viele Bücher liest und dich nichts mehr erstaunen kann?«
Ich ließ mich erschöpft neben einem riesigen Busch nieder.
»Wahrscheinlich bin ich heute einfach zu viel über grünes Gras gelaufen«, sagte ich und grinste zu Marlene hoch. »Und das auch noch in Pantoffeln.«
»Diese Welt hier ist nämlich einfach unglaublich«, meinte Marlene und setzte sich neben mich.
»Das stimmt«, willigte ich versöhnlich ein. »Und sehr unwahrscheinlich.«
Wir lachten ein bisschen.

»Irgendwie passt es zu den dreien, dass sie das Ganze gleich ein ganzes Universum nennen«, sagte Marlene. »Die geben sich ja auch die Namen von Comicfiguren und meinen das ernst.«
»Verdammt, habe ich einen Durst!«, brach es aus mir heraus.
»Ich auch«, stöhnte Marlene und ließ sich etwas nach hinten kippen. Das machte ein metallenes Geräusch.
»Was war das?«, rief Marlene und sprang auf.
Sie begann, die widerspenstigen Zweige und Ranken hinter uns zur Seite zu schieben. Und dann fanden wir den VW-Bus, der völlig überwuchert und zugewachsen wie ein großer Busch in der Landschaft stand.
»Das vierte Basiscamp«, jubelte Marlene.
»Ob diese Basiscamps die geheimen Kinderträume von den dreien sind?«, überlegte ich.
»Na klar«, rief Marlene. »Also, ich hätte es zumindest so gemacht. Wenn ich mein eigenes Universum erschaffen könnte, dann gäbe es einen Limonadenbaum, einen Schokoladensee und einen Kuchenberg.«
»Das gibt es schon, und es nennt sich Schlaraffenland«, sagte ich grinsend. Doch dann fiel mir etwas ein. »Sie haben gesagt, das Universum entwickelte sich selbstständig zu dem, was es ist. Also haben die Helden wohl nur diese Basiscamps nach ihren eigenen Wünschen gestalten können.«
Und erst jetzt kapierte ich endlich etwas Unglaubliches. Vier! Es waren vier Basiscamps, aber nur drei Wissenschaftler. Es musste einen vierten Mann geben. Oder eine weitere Frau.

»Marlene, das ist –«

Marlene hatte den Türgriff der Schiebetür gepackt und rüttelte erfolglos daran herum. Ich beschloss, meinen Gedanken hinunterzuschlucken und stattdessen noch wachsamer zu sein.

»Lass mich mal«, sagte ich und hoffte, dass ich wirklich stärker als Marlene war.

War ich. Die Tür rollte zur Seite, und wir krabbelten in den alten Campingbus. Die Ranken und Äste schnellten sofort wieder in ihre alte Position zurück. Wir erkundeten das Innere.

»Erbsensuppe!«, rief Marlene und zeigte mir strahlend eine grüne Konservendose. »Hast du Hunger? Ich schon! Und was für welchen.«

Nun esse ich eigentlich gar nicht so gerne Erbsensuppe und hoffte noch ein bisschen auf Würstchen in Aspik oder spanische Salami. Trotzdem hüpfte mein Magen vor Freude. Wir tranken erst einmal aus den Wasserflaschen, die wir in den kleinen Schränken fanden. Marlene machte sich am Gaskocher zu schaffen. Würstchen oder Salami entdeckte ich nicht.

»Marlene, müssen wir die Suppe warm machen?«, fragte ich mit knurrendem Bauch.

Marlene blickte auf die Dose, dann auf mich und dann wieder auf die Dose. »Nein. Bis die warm ist, sind wir wahrscheinlich vor Hunger gestorben«, sagte sie und gab mir den Dosenöffner. Ich setzte ihn an. Doch dann zögerte ich.

»Meinst du, da drin ist wirklich Erbsensuppe?«, fragte ich. »Stell dir vor, wir machen die Dose auf und irgendetwas

anderes, etwas absolut Unwahrscheinliches, kommt heraus. Schnitzel mit Pommes und Ketchup zum Beispiel.«
»Oder etwas Lebendiges«, sagte Marlene. »So was wie ein Haufen Riesenkakerlaken.«
Ich machte wohl ein erschrockenes Gesicht, denn Marlene lachte los. »Eben hast du noch gesagt, diese Welt sei dir zu langweilig«, zog sie mich auf.
»Du hast recht«, gab ich zu. »Also verlassen wir uns mal auf die Phantasielosigkeit der Helden.« Mit diesen Worten öffnete ich die Dose. Darin war dicke grüne Erbsensuppe.
»Hoffentlich rächen sich die Marvelhelden nicht an dir«, sagte Marlene und verteilte den Doseninhalt auf zwei Teller.
»Warum?«, fragte ich.
»Weil du gerade schrecklich arrogant bist«, sagte Marlene und drückte mir einen Löffel in die Hand.
Wir setzten uns an den Campingtisch und verschlangen die kalte schleimige Suppe. Sie war das Köstlichste, das ich je gegessen habe. Für einen Moment waren wir richtig glücklich.
Dann hörten wir die Geräusche. Irgendetwas oder irgendjemand kam da. Erschrocken schauten wir uns an.
»Ich habe es die ganze Zeit gewusst«, flüsterte Marlene.
Leise, ganz leise schoben wir die Tür des Wagens zu. Wir hofften, dass uns die Ranken und Äste verbargen, und schauten aus dem Fenster.
»Der Hautmann«, flüsterte Marlene voller Panik. »Er ist doch lebendig geworden!«

»Nein, jemand hat den Silikonhautanzug angezogen«, raunte ich. »Da steckt irgendein Erwachsener drin, der sich so vor dem Unwahrscheinlichwerden schützen will. Wahrscheinlich der vierte Mann.«

»Weil es auch vier Basiscamps gibt, meinst du?«

»Ja«, flüsterte ich. Beinahe hätte ich gelacht. Wie hatte ich nur glauben können, Marlene würde das nicht kapieren?

»Es könnte auch einer der drei Marvelhelden sein«, wisperte Marlene.

»Das glaube ich nicht. Warum sollte der sich vor uns verstecken? Außerdem trug Doctor Strange einen Astronautenanzug. Dem wäre eine Silikonhaut viel zu wenig Schutz.«

Inzwischen hatte sich der Hautmann dem Bus genähert.

»Der ist so eklig«, wisperte Marlene.

Ihr Ekel war mehr als angebracht. Obwohl ich wusste, dass es sich um einen Silikonhautanzug handelte, den jemand angezogen hatte, sah die Gestalt, die sich ganz vorsichtig und langsam dem Bus näherte, supergruselig aus. Eine ausgewachsene Gänsehaut verteilte sich über meinen Nacken und meine Arme. Wir beobachteten mit klopfenden Herzen die schreckliche Gestalt. Die zweite Haut saß einwandfrei. Wäre da nicht der Reißverschluss auf dem Rücken gewesen, hätte man den Typen für eine entsetzlich entstellte Mutation halten können. Über dem Kopf und vor dem Gesicht trug er eine Art Imkerhut. Nur dass der nicht aus einem Netz bestand, das vor Bienenstichen schützen sollte, sondern aus einer spiegelnden Folie.

»Was macht der da?«, fragte Marlene.
»Er zieht einen Bollerwagen hinter sich her«, sagte ich.
»In so einem haben sie uns die Präsentkörbe gebracht«, wisperte Marlene.
Im Bollerwagen des Hautmanns standen allerdings keine Präsentkörbe, sondern einige der Moosbüschel, ein Stein, ein Haufen Erde und eine große Flasche mit Wasser, durch das sich bleiche Nebel zogen.
»Er sammelt Unwahrscheinlichkeiten«, wollte ich sagen.
Doch das traute ich mich nicht, denn der Hautmann stand nun direkt vor dem Busch und damit vor dem Bus, in dem wir saßen. Marlene duckte sich. Doch ich blieb wie gebannt stehen. Vielleicht würde ich den Mann erkennen. Aber hinter der Spiegelfolie war nichts zu sehen. Der Typ hatte plötzlich von irgendwoher ein großes Messer. Ich zuckte vor Schreck zusammen. Ganz klar, er hatte uns entdeckt!
»Ist er weg?«, hörte ich Marlene von unten wispern.
»Nicht wirklich«, wollte ich sagen, doch mir versagte die Stimme.
Der Hautmann griff nach den Ranken, die den Bus verbargen. Er nahm das Messer und schnitt eine davon ab. Ich hatte den Eindruck, die Ranke würde sich um seinen Arm winden wie eine lebendige Schlange. Doch ganz genau konnte ich das nicht erkennen, denn aus der abgeschnittenen Stelle sprudelte und spritzte es. Das Wagenfenster war im Nu blutverschmiert.

20. Blutige Ranken

»Ich glaube, er ist weg«, wisperte Marlene in mein Ohr. Dicht aneinandergedrängt zitterten wir beide vor Aufregung und Bammel vor uns hin. Außerdem zwirbelte Marlene ihren Zopf. Langsam richtete ich mich auf und versuchte, irgendetwas durch die blutigen Fenster zu erkennen. Marlene schien recht zu haben. Vom Hautmann war nichts zu sehen und es war auch keine Bewegung draußen auszumachen. Entweder lauerte der Typ versteckt und regungslos vor der Bustür, oder er war gegangen. Ich hoffte, das Zweite war die Wahrheit.
Die Ranken waren noch immer empört. Sie schwangen vibrierend umeinander und kratzten mit ihren Dornen am Bus entlang. Ich hockte mich wieder neben Marlene.
»Lass uns noch ein Weilchen warten«, schlug ich vor. Sie hatte nichts dagegen.
Schließlich ließ das schreckliche Kratzen der Ranken nach. Absolute Stille senkte sich über uns.

Marlene öffnete vorsichtig die Bustür. Nur ein kleines Stück. Doch das war genug. Wie eine wütende Meute peitschten die erwachten Ranken zu uns herein. Marlene schmiss die Tür sofort wieder zu. Trotzdem hatten einige Dornen ihre Haut am Arm zerrissen.

»Was ist das denn?«, fragte sie erschrocken.

»Die Ranken sind total sauer, weil der Silikonmann vorhin eine abgeschnitten hat«, sagte ich und deutete auf das Blut am Fenster.

»Und nun?«, fragte Marlene. Sie guckte mich mit riesigen Augen durch ihre dicke Brille an und propellerte ihren Zopf schneller als je zuvor.

Ich nahm ein großes Brotmesser aus der Schublade. »Wir müssen uns einen Weg hindurchschneiden.«

»Spinnst du!«, empörte sich Marlene. »Diese Ranken scheinen doch irgendwie lebendig zu sein. Die haben Blut wie wir.«

Ich ließ das Messer wieder sinken. »Alle Pflanzen sind lebendig, auch in unserer Welt«, sagte ich leise.

Marlene kriegte einen sehr seltsamen Blick. »Das weiß ich, Mister Oberschlau. Ich bin doch nicht blöd«, knurrte sie.

»Entschuldige bitte«, sagte ich. »Das habe ich gar nicht gedacht.«

Marlene schien sehr wütend auf mich zu sein. Erst verstand ich das nicht, aber plötzlich wusste ich es besser. Das war eine Übersprunghandlung. Denn eigentlich war Marlene müde und erschöpft, und sie hatte Angst. Genau wie ich.

Da entdeckte ich den extrabreiten Besen. Ich zog ihn aus den Schlaufen, mit denen er unterm Busdach befestigt war.
»Wir sind wohl nicht die Einzigen, die ein Problem mit den Ranken haben. Zum Auskehren ist der hier bestimmt nicht gedacht«, sagte ich. »Bleib erst mal hinter mir, und wenn ich los sage, dann springst du raus.«
Marlene stellte sich hinter mich. Ich öffnete die Schiebetür und schnellte zurück. Sofort drängten die Ranken herein. Mit dem Besen drückte ich sie wieder hinaus. Wütend schlangen sie sich darum und versuchten, mich am anderen Ende zu erreichen. Doch der Besenstiel war lang genug. Ich konnte die zornigen Ranken in Schach halten. Allerdings nicht lange. Außerdem wurden es immer mehr. Mit einem Schrei stemmte ich mich ihnen mit dem breiten Besenkopf entgegen und drückte sie mit aller Kraft zurück.
»Los!«, rief ich.
Marlene sprang aus dem Bus und brachte sich in Sicherheit. Inzwischen konnte ich dem Ansturm der dornigen Triebe kaum noch standhalten. Weil ich ihnen näher gekommen war, erreichten sie nun doch meine Hände. Wie mit unzähligen Zähnen rammten sie ihre spitzen Dornen in meine Haut. Das brannte, als würde mich jemand mit Säure übergießen. Ich warf den Besen in die Ranken und wollte Marlene hinterherspringen. Leider hatte ich mich etwas verschätzt. Eine der Ranken erwischte meinen Fuß und schlang sich in Windeseile bis zum Knie hoch. Ich spürte, wie sie zurückschnellen und

mich in den wilden Haufen ihrer Artgenossen ziehen wollte. Sie war unglaublich stark. Ich stemmte mich, so fest ich konnte, dagegen. Doch im selben Moment wurde mir klar, dass ich gegen die Pflanze keine Chance hatte. Entsetzt starrte ich auf das summende dornenbesetzte Rankengewirr vor mir, das nur darauf zu warten schien, sich über mich zu stürzen und zu verschlingen.

Da spürte ich einen Ruck, und dann ließ der Zug an meinem Bein nach. Stattdessen wurde ich nun an der Hand gepackt und weggezogen. Einige Meter stolperte ich von dem gefährlichen Gebüsch fort. Dann landete ich auf meinen Knien.

»Das war knapp«, sagte Marlene und holte tief Luft. Sie stand neben mir. Ich schaute zu ihr auf. In der Hand hielt sie das große Brotmesser. Von dessen gezackter Klinge tropfte Blut.

»Danke«, sagte ich heiser.

»Ist doch klar«, sagte Marlene. Sie grinste etwas schief und warf das Messer in hohem Bogen davon. Dann wischte sie sich die blutigen Hände an ihrem Kleid ab und betrachtete mein Bein.

»Ich glaube, du musst jetzt ganz schön tapfer sein«, sagte sie. »Und wir müssen uns beeilen.«

Ein Blick auf meine linke Wade zeigte mir, dass Marlene recht hatte. Das abgeschnittene Rankenstück begann sich nämlich in meine Haut zu drücken. Wahrscheinlich würde es einfach darunter verschwinden, wenn wir es nicht daran hinderten.

»Langsam habe ich echt genug«, murmelte ich. »Fleischfressende und parasitäre Ranken hätte ich nun wirklich nicht auch noch gebraucht.«

Marlene hob etwas vom Boden auf und steckte es mir quer in den Mund. »Beiß darauf!«, sagte sie. »Keine Angst, es ist schon tot.« Ich verbiss mich in ein Stück Holz. »So machen sie es im Wilden Westen, wenn sie ohne Betäubung faule Zähne ziehen«, erklärte Marlene.

Ich nickte stumm. Marlene riss ein breites Stück ihres Kleides ab und wickelte es sich hektisch um ihre Hand und den Unterarm. Dann packte sie das Stück Ranke. Sie hielt es fest und holte tief Luft.

»Mit einem Ruck, wie ein Pflaster, okay?«, fragte sie.

»Mhhh«, sagte ich.

Dann riss Marlene die hungrige Ranke von meiner Haut.

»Anton, es ist gut«, sagte Marlene nach einer Weile, und ich hörte auf zu schreien. Inzwischen hatte Marlene bereits mit dem abgerissenen Stück Stoff aus ihrem Kleid das Blut von meiner Wade getupft.

»Vielleicht sollte ich noch draufpinkeln«, murmelte sie.

»Wie bitte?«, fragte ich und wischte mir die Tränen von den Wangen.

»Dein Bein sollte vielleicht desinfiziert werden«, sagte Marlene.

»Ganz bestimmt sogar«, erwiderte ich. »Aber dass Urin Keime abtötet, stimmt nicht. Danke, dass du nicht auf meine offenen Wunden gepinkelt hast, ohne mich zu fragen.«

Marlene grinste. »Das wäre mir sowieso viel zu peinlich gewesen.«
Zum Glück konnte ich ohne Probleme weiterlaufen. Ehrlich gesagt, hatte ich hier schon weitaus Schlimmeres erlebt. Ich war aber sehr erleichtert, dass es sich nun keine Ranke aus einem anderen Universum mehr in meiner Wade gemütlich machen wollte.
Nun mussten wir jedoch schnellstens unsere Welt retten.
Die Spuren, die der Bollerwagen des Hautmanns im Gras hinterlassen hatte, konnte man gut erkennen. Marlene sah mich fragend an, und ich nickte. Wir würden diesen Typen daran hindern, weitere Unwahrscheinlichkeiten zu sammeln und in unsere Welt zu bringen. Denn dass er genau dies tat, war mir plötzlich klar wie Kloßbrühe: Der Silikonmann war das Loch zwischen den Universen.
Wir folgten seinen Spuren. Nicht so schnell wie gewollt, ich sage nur Pantoffeln, aber doch schnell genug. Denn plötzlich stand er vor uns. Eigentlich kauerte er einige Meter vor uns hinter einem Felsen. Wir duckten uns ebenfalls hinter einen großen Stein, obwohl der Typ uns gar nicht sehen konnte, weil er uns den Rücken zuwandte. Oder besser gesagt, seinen Allerwertesten.
»Er versteckt sich vor irgendwas«, wisperte Marlene.
»Oder vor irgendwem«, raunte ich.
Da erkannte ich, was der Typ in der Hand hielt. »Eine Pistole!«

21. Im freien Fall

»Er will irgendwas erschießen!«, rief Marlene empört und sprang auf.

Ich versuchte, sie wieder hinter den Felsen zu ziehen, doch es war zu spät. Der Hautmann hatte sich umgedreht und richtete seine Pistole nun auf Marlene. Verdammt! Ich musste etwas tun, um sie zu retten.

»Hey, Sie da!«, schrie ich und stürzte ebenfalls aus unserem Versteck.

Doch dann wusste ich leider nicht weiter. Sein höhnisches Lachen ließ mich dummerweise erstarren, und der Silikonmann legte ganz ruhig auf mich an.

»Dann eben doch so«, dröhnte seine Stimme hinter der Silberfolie hervor. »Seit Stunden überlege ich schon, wie ich dafür sorgen könnte, dass ihr nicht wieder hinausgelangt. Aber das hier scheint mir tatsächlich der einfachste Weg. Danke für den Tipp.«

Der Typ schien es wirklich ernst zu meinen. Er hielt die Pistole auf mich gerichtet, und ich konnte aus irgendeinem Grund nichts anderes machen, als ihn anzustarren. Verdammt, was war denn mit mir los? Warum hechtete ich nicht hinter einen Stein oder brachte mich sonst wie in Sicherheit?

»Anton?«, flüsterte Marlene hinter mir.

Der Silikonmann beachtete sie gar nicht. Ich sah, dass er seinen am Abzug liegenden Zeigefinger ein wenig einknickte. Es war übrigens eine seltsame Pistole mit einem sehr dicken Rohr. Die Kugeln dafür mussten mehr als mörderisch sein. Auch der Typ war sehr groß und sah unter der Silikonschicht recht muskulös aus. Marlene und ich würden ihn alleine nicht besiegen können, und dass auf die Marvelhelden kein Verlass war und sie uns nicht retten würden, wusste ich inzwischen nur zu gut.

»Haben SIE euch hier hereingelassen?«, keuchte der Typ. Komischerweise entspannte es mich etwas, dass er das wissen wollte. Wenigstens konnte ich schon wieder mit den Fußzehen wackeln. »Haben diese Idioten wirklich geglaubt, IHR könntet mich aufhalten?«

»Von Ihnen weiß gar niemand etwas«, rief Marlene. »Wir sollten das Loch zwischen den Universen finden.«

Der Silikonmann lachte. »Das Loch! Sie kommen nicht mal auf die Idee, dass es gar kein Loch geben könnte. Sie denken nicht einmal mehr an mich. Ha!« Dieses Ha! klang nicht besonders triumphierend. Im Gegenteil. Dass niemand mehr an ihn dachte, schien ihn doch ein wenig traurig zu machen.

»Aber ich vergesse nichts«, hob der Typ wieder an. »Gar nichts. Die werden sich umgucken. Die ganze Welt wird sich umgucken. Manche machen das schon. Ihr doch auch, nicht wahr? Ihr habt die Unwahrscheinlichkeiten in unserem Universum doch auch schon bemerkt. Und es werden immer mehr werden. Dafür sorge ich.«
Die ganze Zeit hielt er die Pistole auf mich gerichtet. Klar, er wollte ja verhindern, dass wir hinausgelangten.
In Filmen sieht man öfter, dass ein Verbrecher, kurz bevor er den Abzug ganz durchdrückt, seinem Opfer alle Schandtaten gesteht. Ich fand das ja immer irgendwie unglaubwürdig. Ein billiger Trick, damit der Zuschauer erfährt, was Sache ist. Aber auch der Silikonmann konnte gar nicht mehr aufhören zu erzählen, was er alles getan hatte oder noch tun wollte. So genau hörte ich ihm aber nicht zu. Stattdessen überlegte ich fieberhaft, was ich tun sollte. Etwas anderes, als überraschend wegzurennen und mich hinter einem der atmenden Felsen in Sicherheit zu bringen, fiel mir jedoch nicht ein. Ich hatte bei der Verfolgung des Typen erst gar nicht bemerkt, dass wir in felsiges Gebiet vorgedrungen waren. Scheinbar kann man sich als Mensch an so einiges gewöhnen. Zum Beispiel von großen atmenden Steinen umgeben zu sein, ohne das ganz schrecklich zu finden. Ich drehte mich um und hechtete hinter einen von denen.
Der Hautmann hatte sich wohl auf eine längere Geschichte eingestellt, die er uns noch erzählen wollte. Denn er war von

meiner Aktion tatsächlich so überrascht, dass er einen Moment zu lange zögerte. Erst als ich schmerzhaft hinter dem Felsen auf meinen Knien und Händen gelandet war, machte es *Plopp*. Der Typ hatte abgedrückt.

Ich sah etwas neben meinem Kopf vorbeifliegen und schaute hinterher. Das Geschoss prallte hinter mir auf die Felswand. Es schlug jedoch nicht ein, und der atmende Stein wurde nicht verletzt. Stattdessen sprang das schwarze runde Ding im gleichen Winkel wieder davon ab. Weil es keine Kugel aus Metall war!

Einfallswinkel gleich Ausfallswinkel, dachte ich. Und: *Das ist ein Gummiball.* Nein, das stimmte nicht. Denn vom Felsen prallten zwei Gummibälle ab.

Ich beobachtete, wie die beiden Bälle mit unverminderter Geschwindigkeit wieder gegen einen Felsen prallten und genauso schnell davon wegflogen. Nun zu viert. Wie war das möglich? Warum wurden die Gummibälle nicht abgebremst, wenn sie gegen die Steine prallten? Klar, dumm von mir: Das hier war das Universum der Unmöglichkeiten. Hier war alles möglich, und darum gab es natürlich auch so etwas wie ein Perpetuum mobile, eine Sache, die sich ohne Energiezufuhr und ohne Energieverlust bewegen konnte. Zum Beispiel einen Gummiball, der, einmal auf eine wahnsinnige Geschwindigkeit beschleunigt, für immer damit herumfliegen würde. Um sich außerdem noch bei jedem Aufprall auf ein Hindernis zu verdoppeln!

Marlene hockte hinter einem anderen Stein, ich konnte sie von meinem Versteck aus sehen. Stumm und starr beobachteten wir erst vier, dann acht und schließlich sechzehn Gummibälle, die uns unaufhaltbar um die Ohren zischten. Bestimmt würden wir es überleben, wenn wir davon getroffen werden würden, aber wir wären auf alle Fälle erst einmal ohnmächtig und dem Silikonmann ausgeliefert. Wir mussten hier weg! Ganz schnell. Denn nach dem zehnten Aufprall würden schon 1024 Bälle unterwegs sein.

Der Silikonmann schien uns auszulachen, und er kam näher. Entweder war der Typ in dem Silikonanzug tatsächlich völlig unverletzlich, oder er kapierte gerade selbst nicht, was hier passierte. Oder –

»Wir müssen hier weg!«, schluchzte Marlene. »Aber wie?«

Der Typ lachte lauter und kam noch näher. Ich lunzte hinter meinem Felsen hervor. Aufrecht lief er durch die herumsausenden Bälle. Also stimmte es tatsächlich!

»Marlene, die herumfliegenden Bälle treffen uns nicht. Wegen der Unwahrscheinlichkeit der absoluten Wahrscheinlichkeit, dass sie uns eigentlich treffen müssten«, rief ich zu ihr hinüber.

»Du scheinst ja ein ganz schlaues Kerlchen zu sein«, dröhnte der Silikonmann. Er war nur noch wenige Meter entfernt.

Ich sprang auf und rannte zu Marlene.

»Bei drei rennen wir zur Kante des Universums und springen in den Himmel«, keuchte ich.

Wenn ich diese Welt richtig verstanden hatte, begann ihre Kante hinter den Felsen. Dort war das seitliche Ende des Möbiusbandes. Dann kam nur noch der Wölkchenhimmel. Zweimal waren wir schon darüber geflogen. Einmal im verkehrten Wasserfall und einmal mit dem Boot am Ende des Sees. Es musste einfach ein drittes Mal funktionieren.

»Das schaffen wir nicht«, schluchzte Marlene.

»Natürlich schaffen wir das. Denk an die Unwahrscheinlichkeiten. Wir dürfen uns nur nicht von einem Ball direkt aus der Pistole treffen lassen. Die anderen Bälle können uns nichts anhaben.«

Der Silikonmann war nun ganz nah. Er hob die Pistole und richtete sie auf Marlene. Ich griff ihre Hand. Es war keine Zeit mehr, bis drei zu zählen.

»Los!«

Wir rannten los und erreichten tatsächlich die Weltkante. Laut schreiend sprangen wir hinüber. Hinter uns ertönte ein zweites *Plopp*. Doch das ging in unserem Schrei unter. Wir sausten umtost vom Bananenmilchwind durch den Wölkchenhimmel. Ich wartete darauf, dass die Marvelhelden uns mit magischer Kraft in der Luft anhielten oder den weißen Raum materialisieren ließen, wie die Male davor. Wenigstens das.

Doch das passierte nicht. Stattdessen fielen wir weiter und weiter. Und wir wurden schneller und schneller. Verdammt! Konnte es sein, dass hier die Gesetze des freien Falls nicht galten? Mensch, Anton, warum sollten sie? Vor lauter Panik hätte ich beinahe laut losgelacht. Warum sollten wir nach 700 Metern freiem Fall die Höchstgeschwindigkeit von 300 Kilometer pro Stunde erreicht haben? Das war ein physikalisches Gesetz unserer Welt. Hier wäre es viel logischer, dass wir nach einer Minute 2100 Stundenkilometer schnell gewesen wären. Falls in diesem Universum dieselbe Erdanziehung galt. Aber das hatte sich bisher eigentlich so angefühlt.

Ich starrte zu Marlene hinüber, die neben mir fiel. Ihr Kleid wurde nach oben gerissen. Ich konnte ihren Bauch sehen. Ihr Gesicht war verdeckt. Ich hörte aber ihren winderstickten Schrei, der aus dem Kleid kam. Darüber wedelten ein kurzer und ein langer Zopf.

»Arghhhhh … ghhhh … ghhh!!!«, schrien wir beide.

Ich begann mir gerade völlig atemlos ernsthafte Sorgen zu machen, als unser Fall doch noch abgebremst wurde. Wir landeten mit Vollkaracho in einem Netz. Zum Glück war das Netz nicht superstraff gespannt, sondern sehr elastisch. Sonst hätten wir uns wohl alle Knochen gebrochen. Andererseits bedeutete die Elastizität auch, dass wir wieder nach oben katapultiert wurden. Wie auf einem Trampolin oder beim Bungeespringen. Nun konnte ich Marlenes schreckstarren Blick hinter ihren Brillengläsern sehen. Ihr Mund war aufgerissen, und wir beide schrien uns immer noch die Seele aus dem Leib.

»Arghhhhhhh!!!!«

Ich zählte bis zwanzig, dann änderten wir wieder die Richtung. Der Moment, als wir vom Hochfliegen ins Runterfallen wechselten, war fast schön. Er kribbelte im Bauch, und ich konnte kurz Luft holen. Dann sausten wir hinunter, und Marlenes Gesicht verschwand wieder hinter ihrem hochgewirbelten Kleid. Als wir das zweite Mal im Netz landeten, wurden wir wie zuvor nach oben katapultiert. Wieder konnte ich bis zwanzig zählen. Da wurde mir klar, dass wir hier solange ungebremst hoch- und runterfliegen würden, bis uns irgendjemand anhielt.

»Himmelherrgottnochmaaaaal! Was soll denn daaaaas?«, schrie Marlene am nächsten Wendepunkt.

»Sie fangen uns nicht auuuuuuf!«, stellte ich überflüssigerweise fest.

»Mystique! Doctor Strange! Doctor Dooooooom!«, schrie Marlene. »Wo seid iiiihr?«

Für eine Weile passierte nichts, außer dass wir hoch- und runterflogen und mir verdammt schlecht wurde. Da öffnete sich endlich an einem Ende des Netzes eine Klappe im Himmel, und Mystique im Raumanzug erschien. Ich erkannte sie sofort, weil der Raumanzug strahlend blau war.

»Ach, Kinder, entschuldigt. Das alles ist so aufregend. Wir hätten euch fast vergessen«, kam ihre Stimme über den Lautsprecher aus dem verspiegelten Helm.

Endlich blieben wir einige Meter über dem Netz wie festgehalten in der Luft hängen. Mir fiel vor lauter Erschöpfung

und Empörung nichts ein, was ich der blauen Pseudoastronautin an den Kopf werfen konnte.
Dafür fiel aber Marlene eine Menge ein. »Das kann doch nicht Ihr Ernst sein!«, schrie sie, und ich fragte mich, wo sie die Luft dafür hernahm. Ich hatte keine mehr in mir. »Sie entführen uns … halten uns in Ihrem gescheiterten Experiment gefangen … überlassen uns mehrfach tödlichen Gefahren … erwarten, dass wir erst Luisa retten und dann unser ganzes Universum … und dann vergessen Sie uns einfach, als wir im freien Fall durch Ihren bescheuerten Wölkchenhimmel jongliert werden?«
Dann landeten wir etwas unsanft im Netz.
»Vielleicht sollten wir mit unseren Vorwürfen so lange warten, bis wir in Sicherheit sind«, raunte ich Marlene zu.
»Pfff!«, machte sie empört und krabbelte zu Mystique in die Schleuse.
Ich folgte ihr. Als ich endlich wieder festen Boden unter den Füßen hatte, fühlten sich meine Beine wie Wackelpudding an, und beinahe wäre ich umgefallen. Mystique schloss schweigend die äußere Tür der Übergangsschleuse, öffnete die innere, und wir traten in einen ganz normalen Büroraum voller Computer. Dort nahm die seltsame Frau mit den roten Haaren den blauen Raumfahrerhelm ab.
»Na ja, gescheitert ist unser Experiment ja nun nicht gerade«, sagte sie pikiert.
Da musste ich plötzlich lachen. Klar, Übersprunghandlung.

Aber ich konnte einfach nicht mehr aufhören. Ich hielt mir die schmerzenden Seiten, und Tränen liefen über meine Wangen. Ich lachte und lachte.
»Ist er verrückt geworden?«, fragte Mystique und starrte mich verwundert an.
Ich schluckte die letzten Gluckser hinunter und starrte zurück. »Wäre das so unwahrscheinlich?«, fragte ich.
Doch bevor Mystique auf meine Frage antworten konnte, erscholl ein Ruf aus dem Nebenraum: »Himmel, er stirbt!«

22. Der vierte Mann

Wir stolperten nach nebenan.

»Da seid ihr ja«, brummte der Leiter des Instituts aka Doctor Doom, ohne den Blick von dem Bildschirm vor sich zu heben.

Wir stellten uns neben ihn.

»Er wird es nicht schaffen«, murmelte Doctor Strange und trat hinter uns.

»Dieser Idiot!«, schimpfte Mystique. Sie wischte sich eine Träne von der rechten Wange.

Auf dem Bildschirm sahen wir eine Kameraübertragung von dem Ort, an dem wir vorhin über die Kante der anderen Welt gesprungen waren. Moment mal! Hatten die drei uns die ganze Zeit auf dem Schirm gehabt, ohne einzugreifen? Vor herumsausenden Gummibällen wirkte das Bild, als würde ein Insektenschwarm den Monitor verdecken.

»Wie viele sind es inzwischen?«, fragte ich. Dabei schluckte

ich meine Wut auf die Marvelhelden hinunter. Das war gerade wirklich interessant.
»Um die 32.000«, antwortete Doctor Doom.
Dann erst sah ich den Silikonmann. Sein Unterleib ragte bewegungslos hinter einem Felsen hervor.
»Er ist selbst getroffen worden«, flüsterte Marlene.
»Nicht nur einmal«, brummte Doctor Doom.
»Dieser Dummkopf!«, schimpfte Doctor Strange. »Er hätte wissen müssen, dass die Unwahrscheinlichkeiten nicht berechenbar sind und dass es möglich ist, trotzdem getroffen zu werden.«
»Nun ja«, räusperte sich Doctor Doom. »Dass die Unwahrscheinlichkeiten nicht verlässlich und somit nicht berechenbar sind, haben wir erst vor drei Jahren festgestellt.«
Doctor Strange schnaubte. »Das ist eine Logik in sich. Wie kann man denn davon ausgehen, dass Unwahrscheinlichkeiten verlässlich sein können? Das, mein verehrter Doctor Doom, wäre ein Paradoxon. Schlimm genug, dass Sie das erst vor drei Jahren erkannten.«
»Also, ich bitte Sie!«, empörte sich Doctor Doom.
»Können wir ihn da nicht rausholen?«, unterbrach ich die beiden.
Die drei Marvelhelden schüttelten traurig die Köpfe.
»Solange die Bälle nicht wieder verschwunden sind, kann dort niemand mehr hingehen. Nicht einmal ihr«, sagte Mystique.

»Was soll denn das heißen? Nicht einmal wir!«, empörte sich Marlene.
Ich nahm ihre Hand und drückte sie beruhigend. »Lass nur, Marlene. Die sind so in ihre Probleme verstrickt, die merken einfach nicht, was sie sagen«, raunte ich ihr zu.
»Ich habe mit denen aber noch ein Hühnchen zu rupfen«, flüsterte sie ärgerlich. »Ach was, Hühnchen. Ein dickes fettes Suppenhuhn!«
Das hatte ich auch. Aber erst einmal fesselte uns das Geschehen auf dem Bildschirm. Wir starrten auf die Beine in der Silikonhaut. Sie schienen zu zucken, denn die künstliche Haut bewegte sich, als würden Wellen hindurchlaufen.
»Gucken wir etwa gerade jemandem beim Sterben zu?«, wisperte Marlene mit vor Schreck ganz heiserer Stimme.
Plötzlich fiel die Silikonhaut in sich zusammen. Sie war leer! Es gab keinen menschlichen Körper mehr darunter. Das Silikon hatte den Mann im Universum der Unwahrscheinlichkeiten letzten Endes nicht schützen können.
»O nein!«, schluchzte Mystique auf.
Doctor Doom schaltete den Bildschirm aus und drehte sich zu Marlene um. »Er ist unwahrscheinlich geworden, einfach verschwunden. Im klassischen Sinne gestorben ist er nicht. Es gibt ihn nicht mehr. So als hätte es ihn nie gegeben. Das sind die Gesetze unseres Paralleluniversums.«
Stille senkte sich über den Raum. Ich musste an Luisa denken und wie knapp sie diesem Schicksal entkommen war.

»Er war das Loch zwischen den Universen«, sagte ich heiser. »Er hat die Unwahrscheinlichkeiten hier herübergebracht.«
»Er wollte unsere Welt zerstören«, sagte Mystique knapp. Im ersten Moment wusste ich gar nicht, welche sie damit meinte. »Er war kein guter Mensch.«
Vielleicht versuchte sie, uns mit diesen Worten zu trösten. Oder sich selbst. Obwohl das natürlich nicht funktionierte.
»Auch wenn einer nicht gut war, will man nicht sehen, wie er plötzlich einfach verschwindet«, murmelte ich.
Als ich zu Mystique hinüberschaute, sah ich, dass sie weinte. Blausilberne Make-up-Tränen liefen über ihre Wangen. Sie sah aus wie ein trauriger Clown nach der Vorstellung.
»Wer war denn der Mann in der Silikonhaut eigentlich?«, fragte ich. »Sie haben ihn doch gekannt, nicht wahr? Es war Ihr vierter Mann, oder?«
Mystique nickte. »Ich habe ihn sogar vor langer Zeit einmal geliebt. Das ist –«. Sie räusperte sich und fuhr dann mit festerer Stimme fort. »Das war Doctor Octopus.«
Marlene musste kichern, hielt sich dann aber schnell die Hand vor den Mund. Trotzdem warf ihr Mystique einen empörten Blick zu.
»Wir haben das Paralleluniversum zu viert entwickelt«, erklärte Doctor Doom. »Aber vor fünf Jahren mussten wir uns von Doctor Octopus trennen. Er … nun, ja … er hatte Allmachtsphantasien, die nicht gesund waren. Ich hatte keine Ahnung, dass er sich hier noch heimlich Zugang verschaff-

te. Dass er das überhaupt wagen würde.« Der Institutsleiter schüttelte ungläubig den Kopf. »In einem Silikonanzug! Er muss geahnt haben, dass die Unwahrscheinlichkeiten gefährlich sind. Aber ein Silikonanzug! Wie konnte er glauben, dass ihn der schützen würde?«

»Du hättest ihm damals den Schlüssel zum Institut abnehmen müssen«, sagte Mystique vorwurfsvoll.

»Das habe ich doch!«, verteidigte sich Doctor Doom. »Wahrscheinlich hat er sich einen Nachschlüssel machen lassen.«

»Wir hätten das Türschloss auswechseln lassen müssen«, seufzte Mystique.

Ich konnte nicht glauben, wie banal das Ganze gewesen sein sollte. Wegen eines Nachschlüssels und eines nicht ausgewechselten Türschlosses sollte der Fortbestand unseres Universums in höchster Gefahr gewesen sein? Das war eigentlich fast zum Totlachen.

»Wir hätten auch gleich darauf kommen können, dass er für die Unwahrscheinlichkeiten hier verantwortlich ist«, murmelte Doctor Strange. »Er war schon immer machtgierig und wollte die Welt nach seinen eigenen Vorstellungen formen.«

»Dann hätten wir uns zumindest dieses ganze Affentheater mit den Kindern sparen können«, maulte die verheulte Mystique sehr taktvoll.

»Affentheater!«, schrie Marlene prompt los. »Sagten Sie eben tatsächlich Affentheater? Sie haben uns entführt und unser Leben aufs Spiel gesetzt. Meine Schwester hat einen Finger und ihr Ohr verloren! Und Sie nennen das Affentheater! Sie haben sie ja nicht mehr alle, Sie komplett verrückte Schachtel. Mystique! Dass ich nicht lache.«

Marlene konnte sich gar nicht mehr beruhigen. Ich befürchtete, dass sie sich vor lauter Propellern den Zopf abreißen würde. Aber sie hatte recht. Diese Typen hatten wirklich nicht mehr alle Tassen im Schrank und mussten unbedingt gestoppt werden, bevor noch Schlimmeres passieren konnte.

»Ihr bescheuertes Paralleluniversum sollte sofort vernichtet werden«, sagte ich. »Es ist total unverantwortlich, was Sie hier machen und dass man da einfach so hineingeraten kann.«

Plötzlich konnte ich auch nicht mehr an mich halten. Die ganze versteckte Wut über das erzwungene Abenteuer brach sich Bahn. »Ihr Marvelfiguren habt echt 'ne Meise!«, schrie ich. »Und dann habt Ihr einen Schlüssel zu einem Paralleluniversum! Menschen mit 'ner Meise und viel zu wenigen Tassen im Schrank! Das ist echt gefährlich! Wer sagt denn, dass nicht noch einmal ein großer Mist passiert?«

»Ich sage das«, unterbrach mich Mystique. »Wir sind nicht dumm. Auch wenn ihr das über uns denkt.«

»Na ja«, knurrte ich und hustete.

»Wir werden das Paralleluniversum vernichten. Zum Glück haben wir von Anfang an eine Sicherheit eingebaut. Wir können das Ganze implodieren lassen. Das Universum wird in sich zusammenfallen und auf Erbsengröße schrumpfen«, sagte der Hausmeister.

Kurz kamen mir die Moostierchen in den Sinn und sogar die Wasserwesen. Immerhin sahen einige von denen so aus wie Marlene und ich.
»Und wie soll das funktionieren?«, fragte Marlene.
»Es würde zu lange dauern, das zu erklären. Stellt euch einfach vor, mit einem simplen Knopfdruck wird alles wieder verschwunden sein. Diese ganze unmögliche Etage in diesem Haus wird einfach nicht mehr existieren«, sagte Mystique.
»Versprochen?«, fragte Marlene.
»Versprochen«, sagte Doctor Doom.
»Und was ist mit den Unwahrscheinlichkeiten, die schon hinausgelangt sind?«, fragte ich.
Doctor Doom kratzte sich am Kopf, was ich erst mal ziemlich verdächtig fand. »Wir haben die hier draußen eine Weile beobachtet und sind zu dem Schluss gekommen, dass sie sich nicht verstärken oder das Gleichgewicht stören werden.« Ich wusste nicht so richtig, ob ich ihm glauben konnte.
»Natürlich wird es Menschen geben, denen die Unwahrscheinlichkeiten auffallen«, sagte Doctor Strange, der Hausmeister. »Aber ihr wisst, wie es ist. Denen glaubt sowieso niemand.«
Marlene und ich nickten. Wir sind Kinder. Wir wissen, wie es ist.
Ich blickte auf die drei. Sie standen wie traurige Tölpel nebeneinander und ließen die Schultern hängen. Sie waren Träumer, die sich die Namen von Comichelden und Superschurken

gegeben hatten und sich einen ganz großen Traum erfüllen wollten. Der dann so richtig in die Hose gegangen war. Und obwohl sich das jetzt bestimmt total komisch anhört, war ich nicht mehr wütend auf sie.
Da fiel ich auf einmal um.

23. Nach Hause

Als ich wieder zu mir kam, stand ich auf der Straße, und hinter mir klappte leise eine Wagentür zu. Dann fuhr ein Auto weg, und Marlene nahm vorsichtig meinen Arm.
»Geht's?«, fragte sie.
Verwirrt schaute ich sie an. »Wo sind wir hier?«
»Na, vor eurem Haus. Erkennst du es denn nicht?«, fragte sie erstaunt.
Ich schaute die Fassade vor mir hinauf. Tatsächlich, das war unser Haus. Nur, wie waren wir hierhergekommen?
»Anton, bist du okay?«, fragte Marlene und klang sehr besorgt. »Wir haben uns eben im Taxi doch noch ganz normal unterhalten.«
»Wir sind Taxi gefahren?«, fragte ich.
Marlene nickte und hielt meinen Arm etwas fester.
»Mhm«, machte sie. »Nachdem du kurz ohnmächtig warst, haben uns die Marvelhelden in ein Taxi gesetzt, und wir sind

hierhergefahren.« Sie warf mir unablässig forschende Blicke zu. »So ganz normal war unser Gespräch eben aber eigentlich doch nicht«, murmelte sie.
»Worüber haben wir denn geredet?«, fragte ich.
»Na ja, also eigentlich hast nur du geredet. Von … also, ehrlich gesagt, habe ich kein davon Wort verstanden. Es schien um irgendwelche physikalischen Erkenntnisse zu gehen.«
»Daran kann ich mich überhaupt nicht erinnern«, sagte ich erschüttert.
»Schade«, sagte Marlene und lächelte mich an. »Vielleicht hättest du den Nobelpreis dafür bekommen.«
Ich grinste zurück. »Echt schade. Aber ich war bis eben noch total weggetreten, auch wenn ich schon wieder aufgewacht war.«
»Das ist ja auch kein Wunder«, sagte Marlene. »Wir haben drei Tage lang kaum etwas gegessen oder getrunken. Außerdem bist du fast gestorben und abgestürzt und von einer wilden Ranke überfallen worden.«
»Das stimmt«, sagte ich, obwohl es mir etwas peinlich war, dass Marlene das ganze Abenteuer anscheinend besser wegsteckte als ich. »Und du hast mir dreimal das Leben gerettet.«
»Na ja«, wehrte Marlene ab. »Die Ranke hätte dich sicher nicht wirklich getötet.«
»Danke, Marlene«, sagte ich mit belegter Stimme. Weil es sich so anfühlte, als müsste ich gleich weinen, machte ich schnell einen Witz. »Auch im Namen meiner Eltern.«

Wir grinsten uns noch einmal an.
»Das waren drei total verrückte Tage«, sagte ich.
»Mhm«, machte Marlene und propellerte ihren Zopf. »Die glaubt uns kein Mensch.«
»Auf keinen Fall und niemals«, sagte ich.
Marlene atmete tief durch. »Wollen wir hoch zu euch?«, fragte sie dann.
Wir gingen ins Haus und liefen die Treppe zu unserer Wohnung hoch.
»Warum sind wir beide eigentlich zu mir gefahren? Deine Eltern müssen dich doch auch super vermissen«, wunderte ich mich.
»Die Marvelhelden haben mit unseren Eltern telefoniert. Sie sind alle hier bei euch«, sagte Marlene.
»O Mann, die haben die drei Tage bestimmt in riesiger Sorge verbracht und garantiert die Polizei eingeschaltet.«
Marlene guckte etwas erschrocken. »Meinst du wirklich?«
»Na klar«, sagte ich. »Wir sind jetzt zwei polizeilich Gesuchte.«
Marlene nickte. »Ja, wahrscheinlich. Aber die hätten uns niemals gefunden«, sagte sie. »Na, wenigstens waren unsere Familien zusammen und konnten sich beistehen.«
Wir stellten die Pantoffeln nebeneinander auf die Fußmatte. Dann schloss ich mit klopfendem Herzen die Wohnungstür auf. Aber niemand kam uns entgegengelaufen, um uns erleichtert und weinend in die Arme zu reißen.

»Hallo! Wir sind's!«, rief ich erstaunt.
»Da seid ihr ja«, kam Mamas Stimme aus der Küche. »Könntet ihr uns bitte gleich mal mit dem Abendbrot helfen?«
»Die haben ja die Ruhe weg«, flüsterte Marlene mit bebender Unterlippe. Ich hatte plötzlich auch einen dicken Kloß im Hals. Hatten sie uns etwa gar nicht vermisst? Drei Tage lang? Als wir am Wohnzimmer vorbeikamen, sah ich Paps und Marlenes Vater am Schreibtisch stehen.
»Hallo Paps«, sagte ich und wusste plötzlich nicht, ob ich zu ihm rennen sollte oder nicht. Also blieb ich in der Tür stehen. Marlene ebenso.
»Hallo Vater«, sagte sie mit einer ganz leisen Stimme.
»Kinder, da seid ihr ja«, sagte Paps wie eben Mama.
Wir wussten gar nicht, was wir sagen sollten. Marlenes Vater wohl auch nicht. Stattdessen starrte er den *mechanischen Schreiberling* an, den ich einfach nur schrecklich finde. Der stand vor ihm, und man konnte sein nervtötendes Geklacker und Geruckel hören. Der *mechanische Schreiberling* ist ein Automat aus dem 19. Jahrhundert. Paps hatte ihn mal irgendwo ersteigert, ein etwa fünfzig Zentimeter großer Blechjunge, der an einem kleinen Tisch sitzt. Wenn man eine Kurbel in seinem Rücken dreht, beginnt er ruckend und abgehackt mit einer Feder auf ein Blatt Papier zu schreiben. Es dauert ewig und klingt ziemlich gruselig. Am Ende steht auf dem Zettel: *Mon chéri, je t'aime.* Gerade war der Schreiberling fertig geworden und erstarrte wieder.

»Das ist ja unglaublich«, staunte Marlenes Vater. »Ein dolles Ding.«
Dann nahm er den Zettel und las: »Moon Scheeriiii ... aha, wie die Kirsche in der Praline ... Mongscherie, also ... jeö te aiiimee.«
Paps räusperte sich. »Das ist Französisch«, sagte er.
»Natürlich ist das Französisch«, knurrte Herr Müller und blinzelte zu Paps hoch. »Das weiß doch jeder.«
»Mein Geliebter, ich liebe dich«, sagte Paps.
»Na, also das ist ja –«, schnaufte Marlenes Vater und wurde puterrot.
»Das steht da«, sagte Paps. »Auf dem Zettel.«
»Ja, natürlich«, keuchte Herr Müller. »Und auf Französisch. Ganz klar.«
»Kinder!«, rief Frau Müller in dem Moment aus der Küche, und wir folgten ihrem Ruf.
»Ich verstehe wirklich nicht, warum die alle so gelassen sind«, raunte ich Marlene zu. »Wir waren tagelang spurlos verschwunden, und niemanden interessiert das auch nur im Geringsten.«
»Das ist wirklich seltsam«, wisperte Marlene.
Dabei sollten die seltsamen Sachen doch langsam mal aufhören. Immerhin waren wir wieder zu Hause. Oder etwa doch nicht? Ich hatte ja eigentlich gar nicht mitbekommen, wie wir hierhergelangt waren, und seit neuestem hielt ich eine Menge mehr für möglich als noch vor drei Tagen. Es soll

ja auch unzählige Parallelwelten geben, in denen man selbst existiert, nur eben immer ganz andere Entscheidungen fällt und darum auch etwas ganz anderes macht. Vielleicht waren wir in so einer gelandet? O Mann, was für ein schrecklicher Gedanke.

Mama und Frau Müller hatten eine riesige Schüssel Kartoffelsalat zubereitet. Daneben lagen dampfende Wiener Würstchen auf einer Platte. Ausgerechnet Wiener Würstchen! Aber Mann, ich hatte einen Bärenhunger! Doch erst einmal war etwas anderes sehr viel wichtiger.

»Mama«, fragte ich, »wie könnt ihr hier so unbeschwert eine Kartoffelsalatparty vorbereiten, während wir so lange spurlos verschwunden waren und uns nicht einmal die Polizei finden konnte? Habt ihr uns denn gar nicht vermisst?«

Beinahe wäre mir dabei die Stimme etwas umgekippt, weil mir einige Tränen im Hals herumhingen. Ich hatte meine Eltern auf alle Fälle superdollesehr vermisst. Außerdem wäre ich fast gestorben. Beinahe hätten wir uns niemals wiedergesehen!

»Aber Anton!« Mama lachte und kam auf mich zugelaufen. »Warum denn die Polizei? Ihr wart doch nur zwei Stunden mit den Leuten vom Institut ein Eis essen.« Dann nahm sie mich in die Arme. Ich drückte mich ganz fest an sie.

»Klar, stimmt ja«, murmelte ich.

»Huch!«, machte Frau Müller, weil Marlene ihre kleine, pummelige Mutter ebenfalls ganz fest in die Arme nahm.

»Es war ein langer und verrückter Tag heute, nicht wahr, mein Schatz?«, murmelte Mama in mein Ohr. »Du siehst irgendwie richtig zerlumpt und erschöpft aus.«
»Na ja, es war eben ein sehr langer und sehr verrückter Tag heute«, murmelte ich. »Und ich habe großen Hunger.«
»So, ihr beiden, dann tragt bitte den Salat und die Würstchen ins Esszimmer. Wir essen gleich«, sagte Mama, als ich sie endlich wieder loslassen konnte.
Wir taten, wie man uns befohlen hatte. Als wir die Schüssel und die Würstchenplatte auf dem Esstisch abgestellt hatten, ließen wir uns auch gleich auf die Stühle fallen.
»Meine Mutter hat gesagt, wir waren nur zwei Stunden lang weg«, sagte ich noch immer fassungslos.
Marlene nickte. »Was bedeutet das?«
»Das bedeutet«, sagte ich, »dass wir nur zwei Stunden lang weg waren.«
Marlene nickte wieder. »Die Zeit, die wir im Paralleluniversum waren, ist also eigentlich gar nicht passiert«, sagte sie.
»Passiert ist sie schon«, erwiderte ich. »Aber sie ist dort und hier unterschiedlich schnell vergangen. Weil Zeit relativ und an einen Ort gebunden ist. Das hätten uns die Marvelhelden wirklich vorher mal verraten können.«
Marlene und ich starrten uns an.
»Dann sind wir also drei Tage älter als alle anderen hier?«, fragte sie.
Ich nickte. »Ja.«

Marlene kicherte. »Zum Glück kann man das nicht sehen.«
»Stell dir mal vor, wir wären dort zwei Jahre geblieben«, sagte ich. »Dann wäre hier nicht einmal ein Monat vergangen –«
»– und wir wären nach Hause gekommen und hätten Pubertät gehabt«, sagte Marlene.
Wir mussten lachen. Eine schreckliche Vorstellung.
»Wo ist eigentlich Luisa?«, fragte ich.
»Das würde ich auch gerne wissen«, murmelte Marlene nun wieder sehr ernst. »Und ganz besonders, wo ihr Zeigefinger und ihr linkes Ohr sind.«
»Ich hoffe, die sind einfach wieder an ihr dran«, murmelte ich.
»Tun dir deine Knochen und Muskeln noch weh?«, fragte Marlene.
Ich nickte.
»Und hast du noch die Kratzer von der Ranke an deiner Wade?«
Ich zog mein Hosenbein etwas in die Höhe.
»Ja«, sagte ich enttäuscht. »Dann fehlen deiner Schwester wahrscheinlich auch ein Zeigefinger und das linke Ohr.«
Marlene nickte traurig.
Aber dann hielt ich es einfach nicht mehr aus. »Ich habe solchen Hunger«, stöhnte ich und schaute gierig auf den Kartoffelsalat vor mir.
»Ich auch«, seufzte Marlene.
Als Mama und Frau Müller mit Senf, Ketchup und Getränken kamen, war die große Kartoffelsalatschüssel zur Hälfte leer.

Die Würstchen allerdings waren alle noch da. Darauf hatten wir keine Lust gehabt.
»Na, das ist ja …«, begann Mama. Für den Rest des Satzes fehlten ihr die Worte.
Frau Müller lachte. »Ihr hattet ja einen gesunden Appetit.«
»Mindestens«, sagte Mama und fiel in das Lachen ein. »Zum Glück haben wir einige Kartoffeln mehr gekocht. Falls später noch Bedarf ist, machen wir einfach noch einen Salat.«
Die beiden gingen in die Küche zurück.
»Mir ist schlecht«, flüsterte Marlene.
»Mir auch«, raunte ich. »Wo sind eigentlich Tante Uli und mein Opa?«, fiel mir dann auf.
»Und was ist das für eine Musik?«, fragte Marlene. Dass die ganze Zeit ein klassisches Konzert durch die Wohnung tönte, hatte ich gar nicht gehört. Wahrscheinlich weil das bei uns oft so ist.
»Das ist Brahms«, sagte Mama, die gerade Servietten hereintrug und auf dem Tisch verteilte. »Einer der bedeutendsten Komponisten des vorletzten Jahrhunderts.«
»Und Opos Lieblingsmusiker«, fügte ich noch hinzu.
Marlene grinste. »Dann wissen wir, wo dein Opa und meine Tante sind. Wir müssen nur der Musik folgen.«
»Dann landet ihr in unserem Schlafzimmer«, sagte Mama. »Opo und Tante Uli machen dort –«
»Ich weiß gar nicht, ob ich das wissen will!«, rief ich dazwischen und hielt mir die Ohren zu.

Mama lachte. »Sie machen dort … Yoga«, sagte sie trotzdem und setzte sich zu uns an den Tisch. Sie schnappte sich ein Würstchen und biss krachend hinein.

»Yoga?«, staunte ich.

Mama nickte kauend. »Yoga zu Brahms. Das ist etwas ganz, ganz Neues.«

Marlene kicherte. »Tante Uli glaubt, sie ist Yogalehrerin.«

»Sie glaubt das nur?«, fragte ich etwas beunruhigt.

Marlenes Mutter kam ebenfalls ins Esszimmer. »Die Männer sind beschäftigt mit diesem Spielzeug«, sagte sie seufzend.

»Ich glaube, dieses gemeinsame Abendessen wird nicht stattfinden«, sagte Mama lachend. »Tante Uli und Opo turnen zu Brahms, die Männer spielen mit Blechspielzeug, und die Kinder haben sich bereits heimlich, still und leise die Bäuche vollgeschlagen. Setz dich zu mir, Gertrud, und schnapp dir ein Würstchen. Jetzt sind wir an der Reihe.«

Mama tunkte ihr angebissenes Würstchen tief in das Senfglas. Marlenes Mutter bekam ganz große Augen. Dann setzte sie sich aber Mama gegenüber und nahm sich ebenfalls ein Würstchen. Mama schob das Senfglas zwischen sie beide.

»Lecker«, sagte sie.

Da kam Paps um die Ecke geschossen.

»Klasse! Würstchen!«, sagte er, griff sich eine Handvoll und wollte damit wieder verschwinden.

»Hallo, geliebter Mann, was sind denn das für Manieren?«, rief Mama ihm nach.

»Die sind nicht für mich alleine. Aber ich möchte Herbert noch das kaputte Blechauto zeigen. Er sagt, er könne es vielleicht wieder hinkriegen«, rief Paps aus dem Flur.
»Mein Mann ist gelernter Feinmechaniker«, meinte Marlenes Mutter mit Stolz in der Stimme.
»Wir schauen mal nach Opo und Tante Uli«, sagte ich und stand auf.
»Macht das, ihr Lieben. Den Nachtisch essen wir dann aber alle zusammen. Darauf bestehe ich«, sagte Mama und nahm sich vom Kartoffelsalat.

24. Alles wie immer und doch ganz neu

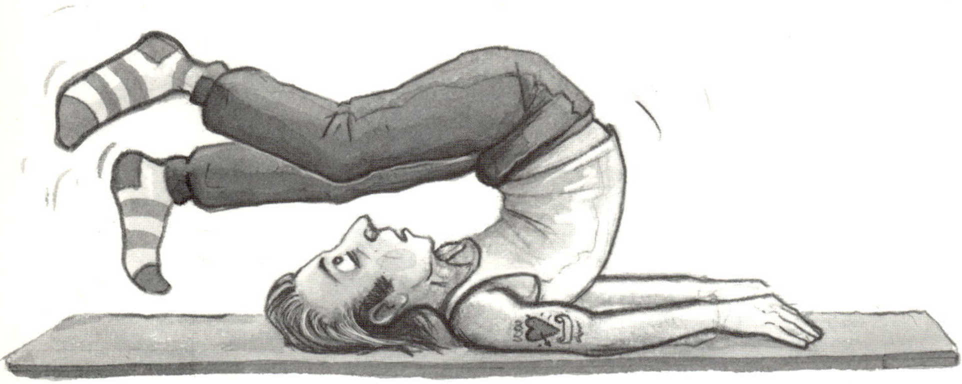

Als wir in den Flur kamen, schwankte ich plötzlich etwas und musste mich an der Wand abstützen. Ich schloss für einen Moment die Augen.

»Anton?«, hörte ich Marlene.

Und dann sah ich sie. Sie standen vor der geöffneten Schlafzimmertür, aus der Brahms' Piano Concerto N° 2 drang, und reckten die Hälse. Es waren mindestens zehn. Ihr Gelächter ging im Klaviergeklimper und der Geigenfiedelei unter.

»Lachende Hühner«, krächzte ich. »Da stehen zehn lachende Hühner vor dem Schlafzimmer. Marlene, wir sind doch nicht zu Hause.«

»Anton? Ist alles okay mit dir?«, hörte ich Marlene wie von weit her.

Ich öffnete die Augen. Da waren keine lachenden Hühner, nur die offene Tür, aus der die Musik kam. Und Tante Ulis anfeuernde Stimme. »Weiter so!«

Als wir schließlich um die Ecke schauten, wusste ich nicht, ob ich staunen oder lachen sollte. Opo lag auf dem Rücken und streckte die Beine in die Luft. Er trug sein Unterhemd über einer ausgeleierten Jogginghose von Paps und schaukelte etwas hin und her.

»Weiter so«, feuerte Tante Uli ihn nochmals an.

Dann hatte Opo es plötzlich geschafft, die Beine hinter seinem Kopf abzulegen. Irgendetwas knackte sehr laut, und Opos hoch aufgerichteter Hintern fiel hinunter. Er landete quasi auf seinem Kopf. Es sah nicht besonders gesund aus und auf alle Fälle nicht so, wie ich mir Yoga vorgestellt hatte.

»Jetzt bin ich am Arsch«, stöhnte Opo.

»Ach du liebes bisschen«, sagte ich erschrocken.

»Wunderbar«, flötete jedoch Tante Uli. »Lieber Herr Kramer, aus Ihnen wird noch ein richtiger Yogi.«

»Wie soll denn diese Übung heißen?«, fragte ich laut und mich selbst leise: *Wie soll denn Opo jemals wieder aus dieser Position herauskommen?* Er hat es nämlich im Kreuz, wie er immer sagt.

»Na, *Am Arsch*«, giggelte Marlene, und Opo musste so sehr lachen, dass er von ganz alleine aus seiner neuerfundenen Yogastellung fiel.

»Liebste Uli, ich glaube, das ist nichts für mich«, sagte er und stand ein wenig mühsam auf.

»Ach bitte, verehrter Herr Kramer, nur noch einmal den Sonnengruß«, flehte Tante Uli.

»Gern, meine Schöne«, sagte Opo.

Er griff nach Tante Ulis Hand und tat so, als würde er einen Kuss darauf geben. »Aber nicht hier und nicht jetzt und schon gar nicht geturnt. Aber morgen Abend auf dem Hausberg der Stadt. Ich bringe einen Picknickkorb mit, und wir werden die Sonne grüßen, wenn sie hinter den Hügeln verschwindet.«

»Ach, Herr Kramer, Sie sind mir vielleicht einer«, zwitscherte Tante Uli.

Wir hatten genug von dem Geturtel und gingen in mein Zimmer.

»Meinst du, aus denen wird ein richtiges Paar?«, fragte ich.

»Wären wir dann irgendwie verwandt?«

»Ähm, Marlene …«, begann ich.

Marlene lachte. »Anton, das war ein Witz.«

Da öffnete sich meine Zimmertür, und Luisa kam herein.

Sofort starrte ich auf ihr linkes Ohr. Doch das war nicht zu sehen, weil Luisa ihre langen Haare darüberhängen ließ.

»Hey, Zwerge«, sagte sie. Ich konnte nicht heraushören, ob sie das nett oder eher nicht nett meinte. Aber sie setzte sich zu uns auf mein Bett.

»Großes Doppelfamilienabendbrotessen wegen unserer herausragenden Nachhaltigkeitswettbewerbsgewinner. Ihr müsst sehr stolz sein. Meinetwegen hätten sie bestimmt nie so einen Aufriss gemacht«, sagte Luisa.

Das klang eindeutig gehässig. Trotzdem griff Marlene nach ihrer Hand. Es war die, an der es keinen Zeigefinger mehr geben dürfte. Man konnte aber nichts Genaues erkennen. Luisa

trug Handschuhe aus schwarzem Leder und mit spitzen Nieten besetzt. Es sah erst aus, als wollte sie ihre Hand zurückziehen, doch dann überließ sie sie ihrer kleinen Schwester.
»Wie geht es dir?«, fragte Marlene.
»Super«, antwortete Luisa und zog ihre Hand doch weg.
»Und euch? Wie war das Eisessen?«
»Das Eisessen?«, fragte ich überrascht. Luisa wusste doch, dass wir nie Eisessen waren. Warum tat sie dann so?
»Na, das Eisessen mit diesen drei albernen Gestalten vom Institut«, sagte Luisa.
»Aber du weißt doch ganz genau, dass wir gar nicht Eisessen waren«, sagte Marlene.
»Ach, wart ihr gar nicht? Na, das ist eure Sache. Geht mich nichts an«, sagte Luisa.
»Aber Luisa!«, rief Marlene. »Du warst doch auch da!«
Luisa zog ihre Augenbrauen zusammen und beugte sich ihrer Schwester entgegen. »Ich glaube nicht, dass ich irgendwo gewesen bin, wo auch ihr wart. Weder in einer Eisdiele noch sonst irgendwo. Nur dass das klar ist«, zischte sie.
Ich sah, dass Marlene Tränen in die Augen stiegen, und legte schnell tröstend den Arm um sie.
»Wie süß«, ätzte Luisa.
Ich schaute sie aufmerksam an. Ihre Mundwinkel zitterten, und ihre Augen blickten ein wenig panisch umher.
»Warum bist du denn in mein Zimmer gekommen?«, fragte ich sie.

»Ach ja«, machte Luisa. »Ich wollte euch etwas zeigen.«
Sie zog einen schwarzen Kasten aus ihrem Rucksack und fummelte an dem kleinen Verschluss herum.
»Ich dachte, das würde euch vielleicht interessieren«, sagte sie, als der Deckel endlich aufsprang.
»Ach du Scheibe!«, rief ich. Marlene schrie auch kurz auf.
In den schwarzen Samt, mit dem der Kasten ausgeschlagen war, waren sechs Mulden gedrückt. Zwei davon waren leer. Die anderen waren mit zwei Zeigefingern und zwei Ohren gefüllt.
»Toll, oder?« Luisa schaute glücklich auf ihren Schatz. »Einmal silbern, einmal schwarz. Und einmal mit Strass besetzt.« Mit diesen Worten klemmte sie sich die Haare hinter ihr linkes Ohr. Das glitzerte, als sei es mit unzähligen Diamanten verziert.
»Echt toll«, sagte ich und musste trocken schlucken.
»Wo hast du die Finger und Ohren her?«, fragte Marlene heiser. »Haben dir die Mystique, Doctor Doom und Doctor Strange gegeben? Sozusagen als Ersatz?«
»Klar.« Luisa lachte laut los. »Genau so war es. Drei Comicfiguren haben an meine Tür geklopft und mir ein Geschenk vorbeigebracht.«
»Also … also, wenn du über die ganze Sache mal reden willst –«, stammelte ich.
»Schon klar, Zwerg. Dann weiß ich ja, wo du wohnst«, sagte Luisa.

Sie stand auf und lief zur Tür. Bevor sie die Klinke runterdrückte, drehte sie sich aber noch einmal um.
»Ihr seid gar nicht so furchtbar, ihr Zwerge«, sagte sie und lächelte uns beinahe an.
Marlene und ich grinsten zurück. Wir wussten, dass dies das Netteste aus Luisas Mund war, das wir je zu hören bekommen würden.
Doch da blieb ihr Blick noch einmal an Marlene hängen und wurde so weich, wie ich ihn bei ihr noch nie gesehen hatte.
»Ich hab dich lieb, kleine Schwester«, sagte Luisa. »Aber du musst unbedingt dein Styling ändern. Wenn du willst, helfe ich dir dabei.« Damit verließ sie mein Zimmer.
»Bloß nicht«, murmelte ich.
Aber Marlene strahlte wie ein Honigkuchenpferd, und weil sie dabei so glücklich aussah, konnte ich gar nichts anderes machen, als ebenfalls wie ein Honigkuchenpferd zu strahlen.
Mama rief zum Nachtisch. Dieses Mal folgten alle ihrem Ruf und setzten sich um den Esstisch. In dessen Mitte stand eine riesige Servierplatte auf der unzählige Eiskugeln, Sahne, Karamell- und Schokosoße, Streusel, Nüsse, Minimarshmallows und Gummibärchen einen enormen süßen Haufen bildeten.
»Oder hattet ihr heute schon zu viel Eis?«, fragte Mama lachend.
»Auf gar keinen Fall«, rief ich begeistert.
Jeder durfte sich so viel nehmen, wie er wollte. Froh löffelte ich mein Eis und schaute mich in der Tischrunde um. Da sa-

ßen Opo und Tante Uli tuschelnd nebeneinander. Paps lobte Mama und Marlenes Mutter für die köstliche Dessertüberraschung, Herr Müller betrachtete ein kleines Teil aus dem Blechauto, das er mit an den Tisch geschmuggelt hatte, und Luisa schrieb sich schon wieder Smartphone-Nachrichten mit ihren Freundinnen. Das schien auch mit dem falschen Finger gut zu klappen.

Marlene berührte sanft meinen Arm. »Wir sind wieder zu Hause. Schön, oder?«, fragte sie und strahlte mich an.

»Superschön«, sagte ich.

Epilog

Etwas huschte durch die dunklen Gänge. Im kalten Mondlicht sah es aus, als würde es ganz schwach blau leuchten. Es schien zu wissen, dass niemand es beobachtete, denn es versuchte nicht einmal, sich zu verstecken. Das große Gebäude war leer, keine Menschenseele hielt sich hier nachts auf. Schließlich huschte es die schmalen Stufen der kleinen Steintreppe hinunter, die in den Keller führte. Vor einer schweren Metalltür verharrte es einen Moment. Dann zwängte es sich durch das Schlüsselloch.

Du fragst dich, was es mit diesem Epilog auf sich hat?
Halte Ausschau nach ›Anton und Marlene und die tatsächlichen Tatsachen‹.
Dort findest du die Antwort.
Vielleicht.

Ein Buch ist mehr als meine erzählte Geschichte, darum danke ich meiner Agentin Christiane Düring, meiner Lektorin Carla Felgentreff und meiner Illustratorin Regina Kehn.